他們這種人

亦舒

他們姓逢。

三個孩子，一男兩女，住在姓逢的寄養家庭，大姐逢甲十八歲之際，正式登記改姓逢；逢乙，那二弟，成年後也跟着做；小妹叫細丁，如今也姓逢。

三個孩子相處得很好，這當然是因為他們聰明懂事，連社工都說「這是寄養之家最成功一宗案例」。

逢家主人是一個中年獨身女子，她在大學圖書館工作超過三十載，本來獨身人士不易領養兒童，但逢女士德高望重，多位著名社會人士推薦，她才得償所願。

不負所託，三個孩子健康成長，表面心態正常，換句話說，看上去與其他有父母的子女一般無異。

社工每期探訪，都不覺異樣，每次傍晚不請自往逢家，總看到同一情景：大姐逢甲洗碗，小妹細丁抹桌子，逢乙一邊溫習一邊還在咀嚼。

逢女士永遠在書房寫筆記。

室內鴉雀無聲，氣氛卻相當和煦，三姐弟妹有時不必說話，一個眼色半個手勢，便已明白彼此意思。

社工說：「這家人叫我們放心。」

「不像是裝出。」

「能裝這麼久，假的也變真。」

逢女士住在大學宿舍，老房子寬敞多房，都會已不多見，三人均獲分配自己臥室，十分幸運，房內一直沒有多餘雜物：自行車、電腦、打印機、手電，全部公用，從不會爭吵，連使用衛生間，時段分配都一清二楚，三人都不吹頭髮、洗淨梳一角辮子，連逢乙也如此，同學笑他拍清裝戲不必裝假。

住一起，三個孩子相貌姿勢漸漸相似。

寄養家庭中青少年最大挫折是吃不飽，政府津貼發放不多，只得扣剋着吃，有些人家在冰箱加鎖，三餐之外，不得任意自取食物，牛奶、牛油、麵包，全鎖起，桌子上少見肉類。

但逢家從不如此，逢女士如見孩子喜冰淇淋，反而多買些，塞滿冰格。逢甲很快知道他們幸運，更加小心翼翼做人，這樣對弟妹說：「我們好算再世為人，記住，需報答女士，我們得識相、懂事、不要製造麻煩，不要惹人討厭，好好讀書，不得有誤，成年後成為社會上有用之人，記住，不可辜負女士。」

兩個小的一直點頭。

逢甲鬆口氣，「還有，不要羨慕別人，切勿貪戀得不到的東西，珍惜身邊一切。」

逢甲擁有智慧，與她年齡不符合。

她把兩個小的教導得很規矩。

一日傍晚，她斟茶給女士。

女士輕輕說：「甲，坐下。」

逢甲知道女士有話要說。

「甲，你中學畢業，有何打算，坦白說即將退休的我並無能力供你升上大學，得靠你自己。」

「女士，我已報名獸醫學院。」

「哦，那多好，收到錄取信件沒有。」

「這幾天發放。」

這時逢乙敲房門，「姐，有大學來信。」

逢甲取過，恭敬遞給女士，女士看到信封上邊大大紅字印着「Yes！」一字，不禁笑出聲，「收錄了，甲，祝你前途似錦。」

女士極少說那麼多話，逢甲靜心聆聽。

「可是學費方面——」

「已申請獎學金，女士放心，我會找兼職相幫。」

女士輕輕說：「不要求人，不要等人，不要靠人。」

「明白。」

門外還站着逢乙，與大姐一般白襯衫卡其褲，他也在這一年升高中。

「細丁呢。」

「替隔鄰陳教授太太做清潔。」

「陳太太放心讓小小孩子做雜工？」

「陳太太說，細丁做得用心仔細。」

女士微笑，「正該如此，工種無分高低鉅細，從頭做起。」

女士喝口茶，「嗯，這菊花十分清香。」

逢甲知道還有話。

女士緩緩說下去：「三年後退休，我會北上到廬山老人護理院居住，別擔心，那處園林寬敞，在著名廬山邊緣，你們有空可來探訪，小甲，弟妹交給你了。」

「明白。」

「這擔子頗重，你得小心行事。」

「知道。」

這時，逢乙握緊大姐的手。

「抱歉不能再照顧你們多十年。」

逢甲這樣回答：「難報三春暉。」

女士忽然淚盈於睫。

逢甲踏前一步，但女士已說：「我還有工作要趕。」

她走入書房。

逢甲走到門外坐下吹風，逢乙一言不發坐到姐身邊，四目交投，都知道對方心意。

三年後衣食住行都歸他們自身，再也沒有打開冰箱便取到食物這回事，他們得先用勞力換取薪酬，到超市辦貨，才有食物果腹。

並且，第一件事，是要找一間有冰箱的住所，付清電費，啟動冰箱，才能貯藏食物。

想到這裏，逢甲不寒而慄，她雙臂抱住上身取暖。

「姐，我們做得到嗎？」

「走一步算一步，姐已十八歲，應當自立。」

逢乙那亮晶晶雙眼似說：可是，你還拉扯着我倆。

逢甲到底已經成年，經歷已比弟妹深厚，已見過驚濤駭浪。

當年，她是兒童護理院裏大阿姐，十一歲入院，不知恁地，一直不獲領養人青睞，不願帶她回家，漸漸老大，更無人認領，怕她有積習，難以教養。

一次，聽見社工嘆說：「太好看了，犯忌。」

一直等到逢女士揀蟀，她看到秀麗小女孩，點點頭。

那小女孩走近，向逢女士鞠躬，她大膽輕輕說：「我有個妹妹，希望帶她一起。」

兒童院眾人訝異，她指的是一直由她照顧的幼嬰細細嗎，這怎麼可以，這不合規矩。

她把一歲幼嬰抱出，「女士，她只吃一點點，她沒有麻煩，晚上也不哭，請求你讓我帶着。」

孩子替孩子求情，說不出悲涼，女士淚盈於睫，她點了點頭。

這樣的擔子她揹得起嗎。

負責人說：「逢女士，請到這裏辦手續。」

女孩把女嬰似玩偶似抱懷中。

手續似領養流浪貓狗，文件中包括身體健康狀況，如何落到兒童院，學習過程、性格、脾性……

逢女士親自駕車把兩個女孩接回宿舍。

進門，老女傭大吃一驚，「我不做了，這還了得，一來三個！」

女傭說話當真，第二天就走了。

好一個逢女士，不慌不忙，這樣說：「我們替細丁添些日用品。」

嬰兒名字就此定下。

幼兒已可吃固體食物，極乖，沒有聲響，有時會笑，十分可愛。

看到她醫療報告，逢女士「噫」一聲，原來細丁剛出生已進孤兒院，沒有家人，像逢甲一樣，無從稽查。

幼嬰天生殘疾，失去聲帶，是個啞巴，報告中說明，年歲稍長或可更換聲帶，恢復言語能力。

女士心酸不能言。

她在紙上寫一個甲字，「你叫逢甲，妹妹叫逢丁，還有一個弟弟，是逢乙。」

逢乙在何處？

那小男孩自另一家兒童院接回。

逢甲很清楚記得，他穿過大洗成淡灰色白襯衫，一條短褲長得過膝，破爛球鞋，沒有襪子。

男孩有兩道濃眉，明亮大眼睛，自發有禮稱呼女士與姐姐。

嬰兒緩緩自房中爬出，他不假思索一手抱起，逢甲想，這男孩懂規矩。

三個孩子，在逢宅住下。

對逢乙來說，最要緊有得吃，很快胖了十磅高了兩吋，褲子一穿上就覺得短，逢甲幫他放下貼邊。

這一切，女士看在眼內。

也不是每個領養家長都如此幸運，有些孩子帶着許多壞習慣，像不問自取，不願聽教，不肯做家務，甚至好勇鬥狠，離家出走。

隔壁陳太太也嘖嘖稱奇，「女士你家裏乾淨整齊一塵不染，連書本都按作者姓氏字母排列妥當，是你教會的吧。」

不，不，是他們自發所做。

晚飯清淡兩菜一湯，零錢放在一隻瓷罐裏，賬目由逢乙清楚做出。

陳太太不明這樣乖孩子為什麼也有人丟出。

陳教授答：「各有各苦衷。」

「我們家陳貫，為什麼頑劣。」

「因為他毋須識相懂事。」

「連那男孩都那麼有禮，把陳貫丟過去的球一一拾回歸還。」

但是，識大體的陳太太不會讓陳貫與逢乙一起玩，她心想，到底來歷不明。

女孩倒也罷了，長得好便有第二生命，男孩子會有什麼前途呢。

陳教授如此回答：「可以勤奮讀書，英雄不論出身。」

逢甲珍惜每一天。

功課有不明白之處，追問女士，務求得到結論，女士不嫌其煩，一一解答，很快造成家中風氣，連幼兒都拿着圖書，要求解釋。

都希望她會記得住。

忽然像一個家。

午夜，女士發覺小甲與小乙仍在金睛火眼溫習，不禁勸說：「注意雙眼健康。」

幼兒又緩緩走出，爬上小甲膝蓋，蜷縮身子，繼續睡覺。

時間過得慢，也可以過得很快，一下子三年。

小甲與小乙都發育，逢甲一直習慣穿着內衣沐浴，先幫細丁洗，然後輪到自身。

女士很注意衛生，替他們置許多內衣襪子更換，照顧周到。

一日，逢甲邊摺疊衣物邊與小乙背化學元素表，陳貫聽見，也加入一份，可是，他不及格。

又一日，小乙不知何故，遭同學奚落，忽然忍不住打架，陳貫幫忙，兩人都流血見校長，被記小過，陳貫忿然，「不公平」，小乙輕輕答：「世界根本不公平」，陳教授對小乙刮目相看。

這時，誰都看出逢甲是美少女，且能當家，女士始終對家務瑣事糊裏糊塗，也不願學習，雜務落小甲身上。

陳貫說：「小甲，一起看電影。」

「我要做功課，叫小乙陪你。」

小乙答：「姐不去，我不去。」

陳貫訴苦：「他們把功課當什麼有趣遊戲。」

父母答：「你應當向好榜樣學習。」

陳貫嗤之以鼻，不過，「小甲是美女。」

教授夫婦面面相覷。

逢細丁上小學之際，逢甲已亭亭玉立，她長相與眾不同，有種水靈的感覺，皮膚細白，四肢與手指纖長，個性沉靜，雙手沒有空閒，不是翻閱書本，便是勤做家務。

這年頭誰還會編織縫紉，逢甲都自兒童院學會，女士、弟、妹，都穿溫暖牌毛衣。

大學裏男同學如此形容小甲：「一雙鳳眼細長嫵媚，像是可以看進冥界裏去。」

女同學們不大與她接近，小甲的女友，仍是兒童院裏一個姐妹。其中一個混血兒叫珏秀，歲數大一點，意向與小甲不同，她有生母，不時探訪，在十六歲時，把她領回。

喝茶的時候，她說：「真不習慣，上衛生間她也把門撐一條縫偷看我用了多少衛生紙，分配半盒老式衛生棉，怎麼夠用，洗頭，給洗衣粉，不到三個月便搬出自住。」

「房租那麼貴——」

「有人代付。」

「那，不大好吧。」

「我們都是『不大好孩子』，名正言順過不大好生活。」

「珏秀……」

「我此刻叫費翁娜。」

逢甲已無話可説。

珏秀微笑，「看樣子就知道，你還在學校裏吧，女孩也相信書中自有黃金屋。」

兩人道別，都知道以後大抵不會再有喝茶的機會，相擁緊緊。

珏秀説：「只有你對我好，記得患頭蝨，是你替我把蝨子一隻隻梳出。」

小甲是梳頭蝨能手，記得小乙初來，不但頭有蝨，胃裏也有蟲，只得替他處理，也不張揚，怕別人嫌棄，孩子，容易康復，小乙的老黑繭皮膚一層層似殼褪下，露出俊秀原形。

成績表拿回家，亮麗無比，女士笑着簽名。

隔壁陳貫家長卻嘆氣，「兒子，幾時你科科及格，太陽會從西邊出。」

陳貫在太陽底下生氣，曬足一個下午。

小甲給他一瓶水。

陳貫忽然流淚。

「真男人，不哭泣。」

「我有閱讀障礙。」

「才不，漫畫書上蚊字看得不知多清楚。」

「小甲，教我讀書。」

「誰也教不了誰，把書本打開，讀十遍即成。」

逢甲順利在獸醫系升級。

她膽大心細，對於髒腥臭血、膿、排洩，全不畏懼，把小動物揣懷中，小心實習，她叫牠們朋友：「朋友，別怕，你會痊癒。」

先進社會的獸醫院與人類的醫院設備相差不多，一樣設愛克斯光機、磁力掃描、手術及康復室，動起手術如接駁骨骼與縫針，也認真精細。

逢甲每日在該處實習，勤快聰敏學得快，工作人員都喜歡她，但是，她急需外快。

在網上登一則啟事：應屆獸醫實習生，衷心上門服務，收費特廉。

這其實非法，但是打游擊般出沒，是逢甲好戲，沒有人會認為在兒童院長大的孩子不懂一些伎倆。

外快都貯蓄起來，打算供逢乙升學，一個帶一個，像圖畫故事中小猴子手拉着前一個的尾巴拉扯着上，希望讀完書找工作獨立。

逢甲也知道，對弟弟好最划不來，因為將來會有弟婦，姐姐的一片丹心照溝渠，但逢乙不是她弟弟，他是兒童院另一個不幸的孩子，女士幫她，她幫小乙，薪傳是責任。

一日，有事，走近家門，發覺兩隻大狗打架，勝負已分，一隻白色鬥牛犬，咬住一隻棕色洛威拉，兩種狗都好勇鬥狠，著名兇狠，只有牠們的主人才會鍾愛。

已經打得心驚肉跳，一地狗血。

逢甲膽識過人，拾起鄰居的草地水喉，往鬥牛犬噴射，那狗受驚，鬆嘴，不甘心咧齒瞪牢逢甲，小甲有經驗，站停停不動。

鬥牛犬轉頭奔逃。

逢甲走近蹲下。

「我的天！」她大叫：「誰家的狗，誰家的洛威拉！」

沒人應。

半山，戶數少，近大學，屋子面積大，聽不到，逢甲急得脫下外套，裹住傷狗，想抱起狗，立時三刻，抱不起，只得在地上拖行到家門。

「朋友，你要撐住！」

在後門進廚房，在磚地鋪好報紙，把狗身擱好，打開外套，看到牠頸部傷口足有兩隻手掌大小，半張頸皮脫出，顯露內部器官，只差一點點，頸項一斷，牠的頭便斷落。

她對狗說：「別怕，相信我，我有辦法。」

狗連嗚咽的力氣也無，雙眼看着逢甲一會，緩緩閉上，像是知道命已不久。

這時後門打開，「什麼事？」逢乙回來了。

逢甲鬆口氣，「阿乙，幫我，你抱住狗身，我去取縫針線。」

她留着一套用具在家練習使用，即時撲進房間取出。

逢乙大聲說：「女士說過，不養寵物——」一眼看到可怕傷口，雖是男孩，也忍不住哭出聲。

逢甲用水噴洗傷口。

「送牠到獸醫處。」

「也得先縫上才叫車。」

「眼看是沒救了。」

逢甲聚精會神穿針引線，檢查內傷，幸虧氣管咽喉均無破損，她把皮剪齊，縫上。

逢乙說：「陳貫已開出車子。」

「把狗抬上，你，小乙，你把血污整理一下，莫叫女士受驚。」

「是，是。」

獸醫院就在大學範圍內，陳貫力大，兩手抬起狗隻，帶進急症室。

「咦，逢甲，你怎麼又回來。」

一見傷口，連忙檢查、輸血，照掃描，打抗生素。

又查看植入晶片，尋找主人。

主管稱讚逢甲做得好，忽忙間縫針整齊，不用再做，只是狗隻失血過多，奄奄一息。

陳貫佩服之餘，不忘揶揄：「你看你，像殺了什麼人似。」

真的，渾身鮮血。

她輕輕坐下，忽然流淚。

——狗一般生活。

——喪家之犬。

——落水的狗。

身為孤兒，怎麼不知該等滋味。

陳貫以為過份揶揄，惹逢甲不快，即刻道歉。

逢甲說：「我得回去收拾。」

「我幫你。」

逢乙已清除所有血漬，但是室內仍瀰漫一股異味，那是血小板氧化後化學作用，小乙噴灑空氣清新劑，希望女士聞不到。

小乙已把髒衣物放進洗衣機。

他怪心痛地說：「女士最近觸覺視覺聽覺，都與從前不能比了。」

逢甲說：「那麼，多疼她一點。」

果然，女士回來，有點倦，進書房，逢甲連忙把燉好的甜湯斟上。

女士吃得滋味，「多得你們幾個孩子。」

「女士快別如此說。」

逢甲掛住那隻狗，又回獸醫診所。

看到候診室裏坐着兩大一小，看樣子是一家人，那女孩子七八歲，哭了不止一會了，連面孔都腫起，不接受勸慰，尚在飲泣不已。

同事說：「這位逢醫生替泰山縫傷口。」

逢甲想，啊，洛威拉叫泰山。

她輕輕走近蹲下，「小朋友，請把外套脱下給我。」

陪着小孩的老先生問：「醫生，泰山如何。」

同事解釋：「已盡人事，尚未甦醒。」

逢甲拿着小孩衣物走進病房，大狗仍躺手術室，軟弱四腳趴趴，毫無生氣，她把外套罩牠頸上，揉牠雙眼當中額角那撮毛，「朋友，你看誰來探訪。」狗的嗅覺勝人類萬倍，希望牠覺察少主已在不遠之處。

「該醒來了，你已打勝仗，家人等你回家團聚，爭氣，泰山，爭氣。」

泰山重重呼吸一聲，同事進入替牠按摩。

牠眼皮動一動，尾巴搖兩搖。

看護歡喜，「我去叫小女孩。」

他們一家三口擠入診室，小主人擁抱，「泰山，泰山。」

這種悲喜交集大起大落實在傷身，逢甲不敢養育寵物。

泰山的尾巴繼續擺動，老先生與保母也放下心。

「醫生，謝謝。」

「不敢當，我還在讀書實習。」

他們可不理會，繼續道謝。

保母向逢甲解釋：「小女孩父母不住本市，她出生不久已與泰山相處，形影不離。不知怎地，今午放學回來，泰山奔出歡迎，瞬息失去蹤影……是醫生你救了牠。」

老先生問：「請問逢醫生可看到那是什麼樣的惡犬，把牠抓到，免牠再傷害別人。」

逢甲忽然猶疑，「我沒看到。」

泰山留醫三日，傷口仍然難看，縫針之處新疤血淋淋，但已可出院，小女孩毫不介意。

「一隻狗出動整家。」

「寧為太平犬。」

「泰山不再年輕，鬚毛皆白。」

是的，總有那麼一日，小女孩又得哭一場。

老先生捐贈一筆善款給診所，又送大盒名貴巧克力。他請秘書邀請逢甲喝茶，逢甲婉拒。

原來，老先生認識女士，他退休前是女士同事。

老先生再送一套鋼筆。

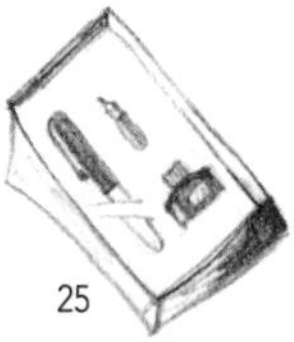

逢甲訝異，現在，還有人用筆寫字？

時光在日出日落中消逝，書房每早有道陽光射入，照在地板與牆角，朝西移動，直至消失。

逢甲每朝凝視那道金光。

她畢業了。

全家人觀禮，逢乙稱讚：「真神氣。」

細丁擁抱姐姐腰身。

沒想到老先生也親身出現，送上鮮花。

「小朋友呢。」

「往加州與父母同聚。」

「泰山呢。」

「牠當然作陪。」

啊，老先生要寂寞了。

頭。

「逢小姐，請勿見怪，我打聽過你家事，知道令妹聲帶受損。」逢甲點

「我有熟人可以安排診治，女士亦已同意。」

逢甲與小乙驚喜。

「不必擔心費用，醫生是我侄兒，他在公立醫院服務。」

逢甲忙不迭點頭。

老先生走近女士說話。

回到家，女士說：「老先生問你可願意為人類服務。」

逢甲答：「本市嚴重欠缺獸醫。」

「我也猜你會那麼說，明日起，你有正式職業收入，我也快退休，小甲，這間宿舍你可住到明年三月，我會替你們物色住所……小乙呢。」

「這裏。」

女士抬頭看到高大碩健英俊的逢乙，「噫，忽然如此高大，叫我吃驚，

細丁呢。」

細丁咚咚跑出。

「好孩子，都是好孩子。」

她把逢甲所織披肩拉緊一點，漸漸盹着。

姐弟輕輕説話。

不用多講，小乙也知道大姐決不會離開他倆。

但，將來住所，一定不如此刻寬敞舒適。都會租金已高到可怕地步，從前，吃人的是禮教，今日，吃人的是房價。

半晌，逢乙説：「先租着住吧。」

「我已做過調查，一房一廳，月租三萬，我的起薪是一萬八，連外快三萬五左右。」

「我也能掙一點。」

「不，你用心讀書吧。」

「不，姐，我調製香水託美容網站出售。」

「你什麼？」

「看。」

逢乙給大姐看一個叫雲端的網站，圖像中一列可愛小瓶子，大概五六款，說明叫雲端香氛，氣味清新：「太陽曬過的襯衫」、「蘋果餡餅」、「你的汗息」、「巧克力冰淇淋」……

這是幾時發生的事？

「生意不錯，網站着我繼續研發，」逢乙笑嘻嘻，「化學師在古歐洲叫術士，擅煉金與其他戲法，我最新製品叫『同情心』。」

逢乙眨眨眼，這小子。

「網站可靠否。」

「尚可，是一富家千金所辦，專門介紹全球流行衣物裝飾以及化妝品之類，也指導年輕女子如何與男子交手，頗受歡迎。」

如何應付異性，逢甲不由得笑出聲。

「我把收入都存起，到時再說，姐，天無絕人之路。」

「是，真的沒法子，把你斷斤秤賣出。」

女士並無重症，但是漸漸褪色，身型、頭髮、皮膚，連腳步聲，都變得淡淡，仍然不願麻煩孩子們，用強力放大鏡閱讀，上班時間已減到一星期三天。

校方派人探視。

「兩個大孩子把女士照顧得周到，屋內一塵不染」，「唉，比我親生孩子都乖」，「這是緣法」，「猜想，我一旦有長短，子女也會痛哭，但平時，一陣風似吹進吹出」，「當初，都不大同意一下子領養三名」……

逢乙帶回香氛樣板，逢甲打開瓶蓋，用手撥聞，「噫」，這味道並不熟悉，嚴格來說，不是香氛，但卻叫人喜悅，有點剛剪割草地清新氣息，又有太陽曬過樹葉味，彷彿有一群幼兒奔過嬉笑……逢甲納罕，怎麼可能。

逢甲䀹䀹眼，「術士。」

逢乙笑。

一年，不知多少香氛面世，百分之九十八沉落海底，很快同市場説再見，成功機會率非常之低，人家，還有名人及大公司資助，包裝美艷標新，價格的95%落在廣告及宣傳身上。

逢乙只用最普通15cm小瓶子，不過，他有秘方。

逢甲抹一些在臂彎，啊，像魔術，她像看到陽光在清晨樹影間點點金光。

日子還是這麼過，在家專心寫報告，一轉身，發覺女士站在一角，逢甲連忙讓座斟茶。

女士微笑：「面孔像一朵花呢，可有男朋友。」

逢甲笑着搖頭。

「這一點可不必像我。」

逢甲輕輕說：「我不相信男子。」

「你對他們又不是有很深認識。」

逢甲微笑：「這原理與研究天文物理一般，毋須親眼目睹，親身體歷，像誰也沒見過的宇宙黑洞，只覺無數物體往那處墮落失蹤，已知必有巨大引力作祟。」

「哈哈哈。」

「女士，你看我們三個孤兒的例子，便已知道男子靠不住，人們只會問：『你們的母親去了何處』，而不問我們的父親在何方，便知社會仍具偏見，以及男性之不可靠。」

女士點頭，「那你是打算靠自己。」

「真正累了，還有牆壁可以靠一下。」

女士與逢甲一起笑出聲。

細丁聽見跑進。

她替女士搥這裏揉那裏。

隔壁陳貫仍然努力獻殷勤。

這一日，他有點頹。

「小甲，秋季，我將往加國升學。」

這個人讀了兩個副學士，始終沒給學士班錄取。

「留學是好事，增加見聞學識，恭喜你。」

「你呢，小甲，一起去，住在我公寓，我煮飯給你吃。」

「各人的路不一樣，陳貫，祝你前途似錦。」

「小甲。」他冒昧握住她手。

她剛想掙脱，已被逢乙一個箭步衝前保護姐姐，一手打開，並且拉走姐姐。

她輕輕説：「出外留學生分兩等，甲等是真正精英，丙等是讀不上本市學校，陳貫，是次等。」

「小乙，你絕對是甲級。」

姐弟倆緊緊握住四手。

逢乙課餘除出高價替中學生補習各科，總留在實驗室，把化學劑自一隻試管倒往另一試管混合，有時蒸發，有時冰凍，與同學們玩得不亦樂乎。

與阿姐一樣，逢乙，沒有異性朋友，不少女同學在課室外向他搭訕，他只是置之不理，並且輕輕撥開她們的手。生日，貯物櫃門貼滿心形唇形小禮物，他置之不理。

逢甲細細凝視弟弟面孔：漂亮嗎，還可以，頭髮太長，姿態不羈，若不是功課好，早已遭師長咕噥，他左眉被疤痕斷開，是一種破相，到逢家那日已經發覺，身段倒還碩健，真不明女生看到何種優點，如嗒糖一般。

新香氛銷路過得去，比以前那幾種優勝，他說：「希望發現戀愛那種味道。」

「誰戀愛過呢，誰深諳滋味？許多人一點經驗也無，聽說吃了巧克力腦部分泌多巴酚與戀愛感覺一般愉快，但是控制內分泌的一切藥物需要處方。」

逢甲納罕，「為何戀愛歡愉？我還以為淒涼，由來被傳頌愛情故事都悲慘萬分。」

「開頭的時候總是開心的。」

「那，我們真得好好研發這種香氛。」

逢甲忍不住笑。

兩人問女士：「真冒昧，請問女士曾經戀愛否。」

女士側頭想許久，呵，要回憶，即等於有，誰知她說：「別好奇了，沒多大意思。」

她不願說出口。

「開頭總是快樂的吧。」

女士微笑，「凡世物者，求時甚苦，既而得之，守護亦苦，得而失之，思念復苦，於三時中，皆無有樂。」

「那為什麼人人嚮往戀愛。」

女士不願再回答，「應付你們三個孩子真有點累。」

逢甲說：「細丁有一道算術不大懂，小乙你教一教。」

那晚，剛要下班，動物庇護所人員抱來一隻撿回小狗。

小狗有雙明亮大眼，很乖，不吭聲，沒有晶片，攤開毛毯，發覺牠腹部有一枚大瘤，喲，這可大可小，需做手術切除。

「牠還有乳腺腫瘤，原來主人想是嫌醫療麻煩，故棄在道旁。」

四字觸動逢甲心扉：棄在道旁。

她抱起小犬，「明早才能替牠動刀。」

「庇護所經費有限。」

「明白。」

「逢醫生，有人會說，不過是一隻狗，應該誇張地像人般救活嗎？」

逢甲輕輕答：「也有若干人，認為某類人，不值得盡一切能力救活。」

「逢醫生，拜託你了。」

無名無種小狗不知自身命運，在診所走來走去，逢甲餵飽牠，把牠收入籠子。

她關燈離去。

走出小巷，有黑影攔住。

逢甲吃驚，掏出哨子及胡椒噴霧。

「止步，止步。」

「誰？」逢甲喝道。

那堆黑影抱在一起，似不止一個人，乏力蹲下，「我是珏秀，是珏秀。」

「你怎麼了？」

「救命，救命。」

逢甲把他們拖到路燈下，啊，看到了，是一男一女兩個人，渾身血污，奄奄一息。

「叫救護車！」

「不，不，不行，我們不能見光。」

「情勢危急，你看你友伴，已經睜不開雙眼。」她取出電話。

珏秀一手拍開，「救命。」

「珏秀，我只是獸醫！」

珏秀沙啞聲音，忽然笑出聲：「我們同畜生有何分別。」

逢甲毛管豎起。

棄於道旁。

像牲畜一樣。

她用鑰匙開診所門，偕珏秀把同伴拖進。

這時，逢甲發覺珏秀手臂上一大道口子，血液濃稠滲出。

「先醫你。」

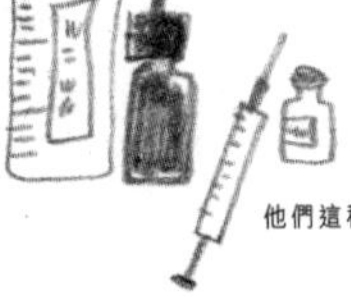

「不，請先救他。」

把同伴拖上手術桌，才發覺他是一名年輕碩健男子。

逢甲深呼吸幾下，取出藥水、針線、器皿，死馬當活馬醫。

她還是先處理珏秀，注射麻醉劑，用釘子把傷口釘牢，再視察男子。

可怕，他幾乎開膛，看到肋骨。

珏秀蹲在一角，一邊哭泣一邊喝酒。

逢甲說：「給我也喝一口。」

把酒喝光，她做麻醉、止血、鹽水點滴。

「朋友，」她輕輕說：「我只是一個獸醫，你始終要見黑市醫生。」

珏秀訴苦：「黑市比白市貴十倍。」

「珏秀，我要找兄弟前來幫忙。」

「可靠否。」

「該傷者隨時會死在這裏，我們得把他移走。」

「我們遭仇家追殺，已走投無路。」

「我怎麼會認識你這種人！」

珏秀又笑得似一隻野狼，「説得好，我們這種人。」

逢甲緩緩處理那道四五吋長傷口，一邊注意脈搏心跳，她全身被血污冷汗濕透。

不一會，逢乙趕到。

一進門看到滿地鮮血，一愣，站住。

「小乙，別問問題，先幫着把傷者抬上車子，你留下清理一切。」

「明白。」

兩人把傷者抬上貨車。

「他若死了，怎麼處理？」

「叫你別問。」

「是運他回家？屆時我們三個連女士都脱不了關係，前途盡毀，我們把他丟到急症室門外好了。」

珏秀聲嘶力竭大喊：「不行不行，他不是狗，他有父母所生，他不是狗。」

逢甲想一想，「回家。」

豁出去了。

「阿姐。」

「你留下收拾。」

在車上一吹冷風，珏秀忽然清醒，「你，把我倆丟到急症室外好了，你已做得夠多，不能連累你家老小。」

逢甲喝下半瓶水，喘口氣，她也已筋疲力盡，忽然輕輕說不相干的話，「本來，做獸醫，應該豬牛羊，雞鴨鵝，所有飛禽走獸一視同仁，不過都會中最常招待的是狗與貓，我也醫過小刺猬及大龜，均受主人疼愛，不枉一生，至於鸚鵡，又是另一回事，牠會説話，痛，痛，牠説，可愛無比。」

珏秀一直流淚。

「一路靠獎學金讀來，只覺幸運，我不是你所想那樣想往上爬，我只是過不了心驚膽顫刀頭舔血的日子。」

到達大學宿舍，兩女把傷者拖進一間貯物室，開了燈與風扇。

傷者忽然呻吟，「水，水。」

一個小孩探頭看視。

「細丁，去拿一壺菊花茶，小心別吵醒女士。」

細丁敏捷轉身而去。

逢甲替他倆蓋上毯子。

細丁餵男子喝水，男子鯨吞，又閉上雙目。

逢甲又盛來兩碗粥一條麵包，放一邊。

她說：「朋友，看你們造化了。」

她將一疊替換衣物交給珏秀。

關上門，帶細丁離開貯物室。

逄甲更衣沐浴，天漸漸亮了。

大學派人來知會宿舍住客，自即日起最遲三個月後必須搬走讓位。

女士說：「我與他們說項。」

逄乙回轉，「女士，不要乞求。」

「看你說的，我與大學是老朋友了，小乙，你送我去。」

屋裏只剩逄甲與細丁。

她問：「害怕嗎？」

細丁搖搖頭。

她把逄乙丟在一角的垃圾袋打開，見是髒衣服，與幾隻空的塑膠噴嘴瓶子，分明是清潔劑，這傢伙，一定是他的獨家發明。

這時，逄甲累極，盹着，被電話鈴驚醒，診所追她上班。

臨出門，逄甲到貯物室。

他倆已經走了，吃了食物，換下衣物。

唉，不知尚能走往何處，想必是不欲再連累逢甲。

她收拾空瓶與衣物，走到對面街垃圾箱才丟掉。

診所人來人往，一切如常，她在看視小狗之際忽覺頭暈。

「小狗幸運，化驗結果牠的腫瘤不是癌症。」

逢甲鬆口氣腳發軟，跪倒地上。

同事連忙走近急救。

女士懇求的結果：校方可寬限一月。

「小甲，你負責找住所，我會給津貼。」

還是要讓女士操心。

她讓孩子們看視護老院情況，確是好地方：獨立房間，設康樂室，泳池，膳食間以及茶座……

孩子們淒然，當然不捨得，但日出日落，天色忽明忽滅，人生離別，都是常態，他們比同齡孩子成熟百倍。

週末下午，宿舍有稀客到訪。

是老先生的秘書，還有一位殷律師。

開門見山地說：「我們到訪，是因為逢細丁的聲線問題，已替細丁約到醫生，就在本市，可替她檢驗治療。」

逢甲像聽到神話一般，不置信，睜大眼。

殷律師與女士輕輕談到細節。

逢乙已經淚盈於睫，好得似做夢一般，妹妹有機會開口說話。

聽殷律師說來，手術不算複雜，像所有人類器官，壞了，換一具，那麼，什麼人會把重要器官捐出，那當然是死者。

逢家沉默，多麼詭異，另外一個人，逝者的聲線，是男是女，長者抑或少年，不得而知。

雖然說各人有各人命運，但細丁的運道也未免太奇異一點。

「細丁，你聽懂律師女士所說的話？」

細丁用力點頭。

「無論什麼手術都吃苦，你願意嗎？」

細丁握緊拳頭上揚。

「你想開聲說話。」

細丁朝殷律師鞠躬。

「那麼，家長的意思呢。」

女士輕輕說：「在我離開本市之前可聽見細丁語聲是最大幸運。」

「那麼，我立刻去準備一切事宜。」

他們送走客人。

細丁忍不住大哭，沒有聲音，淚流滿面。

終於，像所有孩子，哭累了便睡着。

逢甲不能睡，她要支撐着弟妹，女士即將退休，她離休息的時候還遠。

也許，三十年，四十年之後，她也可以躲到山與水之間，輕輕嘆一聲：生活真累。

現在還不行。

老先生的人手辦事迅速，一下子細丁便入院辦手續，醫生十分詳細，展示立體模型與圖像又講解一次。

女士問：「可有風險。」

「所有醫療手術均有風險。」

女士勇敢地在文件上簽下名字。

逢甲說：「我在候診室等待便可。」

女士領養他們三個孩子，真是壯舉。

如果沒有逢女士，他們會怎樣？

姐弟一起輕輕說：「也一樣長大了。」

「但是，沒有選擇，說不定為着生活去尋快錢，渾身鮮血倒在路邊。」

逢甲悲涼，她想起珏秀所說：我們這種人……

手術複雜精細，歷時四小時。

醫生出來報喜，逢甲說：「你們都是上天派下的天使。」

醫生聽到十分高興。

如無意外，細丁一星期可以發聲。

蒼白小小面孔像瓷娃娃，喉部貼着紗布，口子只一點點，這幾天必須用喉管插腹部餵食。

殷律師探望，帶着鮮花水果，客氣問候，並且提及，老先生身在美國。

逢甲想一想，「有一隻叫泰山的洛威拉狗——」

「啊，牠已壽終正寢，此刻同種的泰山二號只得一歲多。」

逢甲微笑。

「老先生說不必道謝，他與女士是老朋友，你們健康愉快生活即可。」

她留下名片，「你們有事，可以找我，不必擔心收費。」

殷律師不苟言笑，但對三個孩子十分和藹。

逢甲忽然問：「殷師，以你的智慧，我們這種孩子，可會有出息。」

「咄，什麼話，小甲你已是一個有執照的獸醫，阿乙是化學系高材生，細丁在你們在照顧下，也會健康成長，社會所謂出息標準，不外如此，你們早已戰勝出身，在是與非，對與錯有一定認識，擁有自尊，知道什麼應該做與不應該做。」

逢甲感動得鼻子都紅。

女士當然也愛惜他們，但語言是殷師伶俐。

「以後有時間再說話。」

一星期之後，細丁回家休養。

個多月，仍然沒有開口說話。

複診時醫生說：「細丁，不要怕，試試發聲。」

她張大嘴，半晌又合攏。

醫生說：「是心理障礙，不急，慢慢來，給些時間。」

女士要走了。

他們送行。

女士生性灑脫，不甚為他們擔心。

這樣說：「瞧，我這個老兵不死，只是隱退。」

這還是三個孩子第一次與女士分開，在逢家寄居這段日子，逢女士從不度假，也不出遠門，沒有親友來訪，她也不作興串門，這件事，逢甲覺得應當好好學習。

稍後，逢女士遠離而去，逢宅這間大學宿舍即將解散。

三個孩子像老人一般感慨萬千。

他們開始在都會中尋找新居，「記住，是房子挑我們，不是我們挑房子」，寸金尺土，結果，在鄉郊找到一間村屋，光線不足，但是夏季頗為陰涼，距離工作上學地點遠得多，不過也難不倒他們，「別忘記，有

些小小孩，要跨境讀書。」

他們提早搬出，一人帶一隻軍用布口袋，身無長物，也有益處。

老先生的秘書送他們。

她的兒女與逢甲他們差不多年紀，但心態熟練不能比，兒子十多歲，在足球場上摔跤還會流淚，但，她不希望兒子像逢乙那般懂事。

鄉間，別的不去說它，甫下車，就被蚊子叮得求饒，秘書替姐弟們點燃蚊香，又留下若干日用品，最後，把老先生一張支票悄悄壓在枕底才離去。

逢乙無所謂，捲起袖子，與細丁收拾雜物，「得把牆壁髹一髹白色，還有，門外小路雜草修理一下，我會調製一些殺蟲水。」

逢甲有點氣餒，但見弟妹神情自若，漸漸鬆弛。

有張破舊大木桌子，吃飯寫字都是它了，湊齊四張椅子，廚房半露天，用煤氣，逢甲立刻洗米煮臘味飯，三個臭皮匠，變成魯賓遜。

衛生間還算清潔，逢乙處理污漬，用他的獨門去垢劑，三兩天之後，已經整整有條。

同從前是不能比了。

「還好。」

有人這麼說。

誰，誰說還好？

完全陌生的聲音，清脆甜美，誰在安慰「還好」？

電光石火之間，逢甲明白了，霍地轉過身子，細丁，是細丁開口。

逢乙也走近，「細丁，是你。」

細丁掩住嘴，她自己也同樣吃驚。

逢乙握住她雙臂，「叫乙哥。」

逢甲屏息。

終於，聽到細丁輕輕說：「姐姐，乙哥。」

逢甲雙腿無力，坐倒在地，淚流一臉。

半晌，她說：「飯好像煮焦了。」

細丁說：「我去看火。」她笑着走出。

呵，很少聽見那銀鈴般聲音。

他們安頓下來。

時間也安排妥當，早上，逢甲與細丁一起出門，放學後細丁到獸醫診所等候大姐放工，順便做清潔工作，診所覺得小孩手腳伶俐，態度認真，給她發放最低工資，與大姐乙哥不同之處，細丁功課平平，但一般討人歡喜。

一日，有位女士抱進一隻懷孕小北京犬，腹大便便，她擔心說：「懷疑起碼四五胎」，照過掃描，大吃一驚，「四、五、六，啊唷，這邊還看到一條脊柱，一定得剖腹生產。」

「嘩，可以懷那麼多胎？」

「有些狗可以生十二胎。」

逢甲立刻作準備動手術。

——「生那麼多，有點不負責任呢」，「別論斷別人」，「幸虧是狗，可以分給親友」，「不知多少隻可以存活」……

逢甲一聲不響。

小狗逐隻取出，只得小毛球大小，工作人員逐隻按摩給氧氣救活，全部生還，有時，真的，人類還得不到如此待遇，狗主又驚又喜，開心擔心得哭。

大家圍攏觀看。

逢甲靜靜坐在一角。

她覺得無比疲倦，稍後摘下手術袍子。

「逢醫生，候診室有人找你。」

「今天她已夠累，我替她。」

「是一個漂亮男生找。」

「啊，可是小甲沒有男友。」

「這一刻開始有，不行嗎。」

逢甲握住細丁手，「我們下班了。」

走到門口，忽然風勁，細丁頭髮先被吹散，瘦削的她看上去似個小靈精，逢甲把她藏掖身後，急急走往公路車站。

這時聽見有人在身後說：「讓我送你們吧。」

逢甲吃一驚，退後，「誰？」已伸手進背囊取響亮口哨。

「是我，」那人走近一步，「不記得了，我已知會工作人員，說在門外等你。」

是這個人。

「什麼事？」

「我來道謝。」

逢甲莫名其妙，天色已暗，她不想多說，看見公路車已經駛近，她說：「我從未見過你，請你讓開，我們要上車。」

她把妹妹扶上車，自己跟着，不料那男子也跟她們登上公路車。往鄉郊車子乘客不多，但到底半滿，逢甲惱說：「為什麼跟着我？」

男子坐在後排空位，輕輕說：「你忘記我，讓我提醒你，那次，我與珏秀在一起。」

男子坐逢甲身後，輕輕説話，呼吸噴在她後頸，有點癢，逢甲渾身寒毛豎起。

「你——」

「是，我叫王開朗，我傷勢已痊癒，多謝你救命之恩。逢醫生，我到處找你，你們搬了家，沒留下新址，我找了一段時間。」

是，世上已千年。

逢甲沒有鬆懈，這不是一個好人，她應警惕。

但是，她也想知道一些事：「珏秀好否。」

「她要我知會你，她已康復，已往美國西岸西雅圖，開一爿咖啡店。」

逢甲吁出一口氣。

「逢醫生，感激你的義氣。」

「你為什麼不與她一起。」

「我倆已經分手。」

啊，經過生關死劫，千山萬水，反而分手，世事真稀罕。

逢甲感慨，說不出話。

「你搬得那麼遠。」

車子一直向郊外駛去，一路有人下車。

逢甲仍然感覺到他呼吸。

公路車到終點，乘客陸續下車。

那人說：「沒有路燈，我送你們到家門。」

但是逢乙已提着大光燈來接。

逢甲輕輕說：「不要再來找我們。」

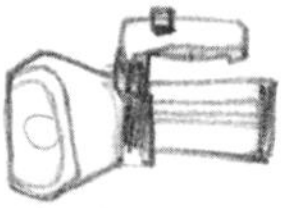

那人靜默不語，退後。

逢乙已起疑心，擋姐妹身前，「誰？」

逢甲拉着小乙回家。

「累壞了，一隻小母犬剖腹生下六隻小狗。」

小乙忽然有感，「狗也不容易做，可是人類卻有句話譏諷：狗娘養的，

我自小聽過許多次：你們這種人——」

逢甲用手按着他肩膀，「小乙，你想多了，早些休息。」

她讓細丁先洗，然後，好好沖一個蓮蓬浴。

門外，小路盡頭，那個叫王開朗的年輕男子還沒有離去，他等助手接

他。

助手耐心在車上等他。

他終於上車，「這是什麼地方？」

「窮鄉僻壤。」

「看樣子，她家道中落。」

「大哥，人窮志不窮。」

「你說得對。」

車子緩緩駛走。

半夜，逄甲被風聲驚醒。

她心想，珏秀當上咖啡店老闆娘，希望從此安份守己，她長嘆一聲，在兒童院，珏秀也不止一次救過她，打架、受屈，她都為逄甲出頭，一次，跌落溝渠，折斷手肘……

彼此如有剩餘緣分，必然還能見面。

第二早，她照常送妹妹上學。

他們這種孩子，要比幸福兒用功百倍。

不，不是要出人頭地，只是想安身立命。

「逄醫生，急症，出差否。」

「車程時間差不多，叫他們把動物送來。」

「逢醫生，是一匹老馬，在上北騎術學校。」

「請司機立刻送我去。」

老馬叫赤兔，性情溫馴平和，供幼兒騎着消遣，日前遭籬笆鈎損左後腿，傷口見骨，十分難看，馬主擔心。

在醫生眼中，卻並無大礙，注射、縫合、服食抗生素、包紮。

逢甲忽然想起，那次替那男子縫合胸前巨型傷口，也是同樣手術，那人命大，居然痊癒。

多久之前的事？

約一年左右了。

馬主千謝萬謝，讓醫生喝了茶才走。

過幾日，那王開朗再也沒有出現，剛放下心來，又有生客找逢醫生。

「王先生派我來。」

那女子是房屋中介，出示一個單位，異常寬大，三個臥室，最重要是離學校區近得步行十分鐘即至，對細丁幫助最大。

「王先生說，逢醫生可隨時遷入。」

啊，那男子發跡了。

他特意來照顧恩人。

他是怎麼樣的人，幹何種職業，逢甲有點知道。

「不，」她說：「你代我謝謝他，我不敢接受他好意。」

中介女士微笑，「王先生說，那麼他天天管接管送，以策逢醫生安全。」

逢甲氣結，站立送客。

被這人纏上可不是什麼好事，不過，逢甲看死他那種人沒有太多耐心，多拒絕幾次，他必然知難而退。

但是。

三天後逢甲改變想法。

那天傍晚，她與細丁結伴回家，逢乙來接，一貫走過小徑，三姐弟一向很靜，只聽到腳下雜草沙沙聲，距離家門還有一半路，忽然聽見身後有動物低沉吼叫聲，那種聲音，似電影中老虎悶吼。

逢甲站定，第一件事是讓逢乙抱起妹妹，阿乙聰明，靠樹幹站住。

只見有龐大動物黑影胡胡聲走近，逢甲不相信都會鄉郊會有老虎，定睛一看，是豬！真確些，野豬，獠牙捲出嘴角，足足一呎長，牠們已受驚嚇，故此咆哮不已。

不止一隻！兇視眈眈，一步步逼近。

一共三隻，兩隻流血，受傷不輕，看樣子與對手苦鬥落敗，被迫走近民居。

逢乙急惶，「阿姐，快過來。」

逢甲剛想走近，忽然聽見村民敲鑼打鼓，大聲叫嚷：「這邊，這邊，快用網！」

一張繩網自暗處撒過來，沒網住豬，倒是罩住逢甲，那些豬已被逼瘋，不管三七廿一，朝倒地的逢甲衝近，用獠牙剷向她身軀。

逢甲不覺得痛，也來不及叫喊，村民已一湧而至，發覺闖了禍，一半人繼續追豬，另一半設法救援，七手八腳。

逢甲只見血自大腿湧出，掙扎大叫：「快叫救護車。」但村民心慌意亂，爭吵不已。

逢乙暴喝：「讓開，讓開。」

就在緊急時分，忽然有車子駛近，開亮大燈照明，響號。

有人撲出，連人帶網裹住逢甲，「上車，去急症室。」

逢乙連忙把細丁抱上車廂，司機迅速倒車，飛一般剷上大路，往市區奔馳。

在車上，那人大力按住逢甲腿上傷口，「撐住，撐住」，是，像他們那樣的人，一生都要撐着，細丁整個人伏在大姐身上顫抖。

逢乙大聲問：「你是誰？」

那人答：「朋友。」

逢甲仍然清醒，聽到王開朗自稱「朋友」，她一向管到診所的動物叫朋友，不禁微笑。

逢乙見阿姐牽動嘴角，略為放心。

車子停在急症室門口，已有護理人員奔出。

逢乙叫：「救命。」

逢甲即時獲得適當醫療。

「野豬？匪夷所思，若觸及大動脈，生命危殆。」

不幸中萬幸，只是中度皮肉傷。

逢乙與細丁也有若干擦損。

護士對王開朗說：「你渾身血，可有傷，脱下襯衫。」

王開朗剝下上衣，看護呵一聲。

他胸前有三吋長舊疤痕，仍然怵目堪驚。

護士說：「沒有新傷，但我得請醫生看視這條舊傷——」

「不必！」他穿好上衣，後悔除衫，「我先走一步，逢醫生，你與家人小心。」

他取出一隻信封，放進逢甲手心。

他踏大步離開急症室。

逢甲定下神，安慰細丁，「阿姐沒事，你可以鬆開手。」把細丁發白指節掰開。

這時，有兩個相熟村民訕訕閃縮走進，「對不起，逢醫生。」

逢乙撲近，揪住胸口，「我打死你們。」

「我們替細丁拾來書包。」

逢甲連忙阻止，「沒事，沒事。」

「逢醫生寬宏大量。」

警察也來錄口供。

「奇事，那些野豬呢？」

「打算烤來吃。」

「唷，未經檢驗打印肉類，不可食用。」

「那豈不可惜。」

逢甲啼笑不已。

他們由村民護送回家。

逢甲服藥後昏睡。

做夢，腿上劇痛，像是已經受手術鋸走，吃驚大叫，醒轉，發覺細丁仍然壓她身上。

逢乙在門外問：「上學嗎？」

「當然。」

「我負責接送。」

「記得吃早餐。」

細丁不願動身。

逢甲這樣説她：「你也不小了，站立，挺胸，大姐十一歲時已照顧你們兩個，莫非改壞名字，你自今日起，叫大嗜吧。」

總算梳洗出門。

逢甲擕起，淋身洗頭，正更衣，王開朗給的那隻信封掉下，她拆開看，是幾枚鎖匙，結着一個牌子，上面有個地址。

逢甲不出聲，仍放進信封，收入背囊。

她用手擕着頭，沉思，過一會，打開紗布看傷口，全世界最難看的是瘡疤，戰爭的傷痕、心靈的傷痕、肉身的傷痕……

有人敲門。

她連忙把傷口重裹，「誰？」

門外低聲説：「王開朗。」

「我精神欠佳今日告假，不適宜見人。」

另外有人說：「逢醫生，我代表村民前來道歉。」

「不必，請回。」

「逢醫生，我們替你報了仇，砍下一隻野豬腿，精心燒烤，請你試吃。」

逢甲不由得哭笑難分，緩緩站起，把門打開。

不料聞到一陣肉香，未經肚餓，不知豬肉有多香，逢甲怕已有一日一夜未曾進食，看到那盆豬腿肉，不禁伸手去抓，一邊王開朗已在握着一大塊大力咀嚼，「肉地較粗，烹飪技術一流，別有風味。」

村民見禮品被接受，大喜，深深一鞠躬，「逢醫生好好休養。」笑着離去。

逢甲從未想過野豬肉那麼美味可口，尤其是燒焦部分，她坐下，蘸着村民特配醬汁便吃將起來，「唔」，她想起，取出麵包，夾兩份三文治，留給弟妹。

王開朗看到她的吃相發獃。

這年輕女子，平時斯文秀麗，如不食人間煙火，他已見過她勇敢義氣一面，冒險救活受傷朋友，可是，他怎麼都猜不到她吃相如此豪放。

——豬肉塞滿嘴，大力嚼動，醬汁自唇邊擠出，滴落桌面……

「美味、報仇，嗯，是該如此，想想，世上多少事有怨無路訴，報不了仇，這下子痛快！」

王開朗連忙回過神，「是，是。」

他已換過衣服，逢甲在陽光下看仔細他。

長方瘦削的臉輪廓分明長得像襯衫模特兒，左眉與逢乙一樣有一條疤，斷開兩邊，身段奇佳，想必有足夠運動隨時找人打架。

他穿深色西服白襯衫沒戴領帶，白球鞋不穿襪子，尤其瀟灑。

逢甲心想，一副魔鬼樣貌，有人以為惡魔長相猙獰可怕，頭出角，眼若銅鈴，長長獠牙——錯，那麼恐怖，人人走避，誰會上當。

不，魔鬼長得比誰都漂亮，那樣，人們才樂於親近，陷入深淵。

王開朗輕輕說：「是時候搬家，你說是不是。」

逢甲不出聲。

「新居離學校近，步行十分鐘路程，小息時可聽見學生喧嘩，細丁快升中學，中午可回家午飯，你上班也方便得多。」

「多少租金。」

「你看過喜歡再談。」

「我不想欠誰。」

「我還欠你一條命呢。」

「別處也有醫生。」

「偏偏你先醫好我。」

「我只是一個獸醫。」

「也許，我這種人，同一隻狗差不多。」

這句話恁地悲涼。同他平時胸有成竹，飛揚跋扈的樣子大不一樣，叫逢甲鼻子紅。

「你與我，也不是離地生活那種人，你與我，有若干相同之處，或可溝通。」

逢甲惻然，低頭不語。

王開朗幫她收拾枱面，「你看，弱肉強食，理所當然，你應留前門後，看環境做人。」

他接逢甲出去看新居。

那幢半新舊公寓的確理想，露台可以看到一點伶仃洋寂寞海景，大棵影樹黃葉如雨落下，不，不是眼淚，是陽光餘暉。

門一打開，整片白色，三間睡房，客廳寬敞家具全備，樸素簡單，似學校宿舍。

附近不會有野豬出沒。

其餘的畜生，就不知道了。

打開冰箱，裏邊滿滿食材，另一隻冰櫃，收着肉類。

王開朗輕輕說：「小乙正發育，少不了大塊肉。」

逢甲坦白說：「我怎麼負擔得起，戶口永遠只剩三十元，連專業文憑也早已押給銀行替小乙付大學入學手續費，再不續回，執照快吊銷。」

「我替你去贖。」

「無以為報。」

「不要誤會，還債的是我，你才是我恩人。」

「琺秀好嗎。」

「好，我知規矩，先與她分手，才來報恩。」

他給她看電話短片。

琺秀一臉笑，似恢復從前容顏，「請看我新學會什麼立體拉花技巧」，只見她先斟滿咖啡杯，然後小心在杯面塑出三堆奶油，每對加上兩隻耳朵，巧克力點綴眼睛，「像不像三隻小貓？」像，像極了，珏秀輕輕晃動杯子，三隻貓頭似爭着要出來，可愛得不行，「不捨得吃呢，哈哈哈。」

王開朗收起電話。

逢甲問：「咖啡店由你打本？」

「我們曾是好伴侶，我愛過的人，我愛一輩子。」

有點蕩氣迴腸。

「我叫人替你們搬行李。」

逢甲點頭。

魔鬼，給報酬總是飛快，而且豐厚，叫人死心塌地。

那天晚上，逢家三口已經在新家吃晚飯。

大塊肉，大碗湯，還有炸餃子，大家吃得不知多高興，弟與妹都懂事，知道大姐不知變了什麼戲法，使得他們環境好轉，不過，這世界，不外是以物易物，大姐不錯已是一名專業人士，但一夜之間變出解救方法，用的想必是另外一種本錢，想到這裏，逢乙落下淚，落進湯碗，無人察覺。

頗長一段日子沒有見到王開朗。

反而是老先生的秘書找到醫務所。

「逢醫生，搬家也不告訴我們。」

逢甲低頭微笑。

「你還是那麼瘦，吃多些，早些下班。」

逢甲唯唯諾諾。

「逢醫生，我這次不是帶好消息來，老先生上星期在美國病逝。」

逢甲霍地站起，又坐下，她想說什麼，但雙唇顫抖，忽然忍不住流淚，整張臉濕透。

「他年事已高，沒有痛苦，你不必介懷，這事，暫時勿告訴女士，你們一家重情，她年事已高。」

逢甲點頭。

對她來說，那位真誠陌生的老先生似深黑隧道前端一盞照明燈，告訴她，世上仍有好人，這下子燈火熄滅。

秘書留下名片，「有事別忘記找我。」

逢甲站起送她。

秘書嘆一口氣離去。

護理人員抱着兩頭小貓走過，「這位女士，可有興趣領養？」

逢甲把那個消息放心裏。

八月十分忙碌，為細丁往中學登記，做校服，買新書。

細丁身型拔高，中學全日制，還得替她預備午飯。

第一天上學，逢甲感到安慰，把細丁校服照傳給女士觀看，女士回覆：

「我小時也穿過這種黑色馬利珍鞋子」，她的近照，老了許多，頭髮蒼白，

年輕人且慢輕狂，你也會老，長者不用難過，你也年輕過，不過，有一句

話真確：年輕人全盤浪費了青春。

這時，逢乙即將畢業，小子他又有搞作，忽然收入大增，告訴阿姐，他打算往美國留學。

逢甲張大嘴，又合攏。

她聽說過有人在學校化學實驗室製作非法藥物，故此睜大雙眼，警示小乙。

小乙連忙笑，「阿姐，別想多了，我只不過與同學一起開設一間小型清潔公司。」

什麼清潔公司一平方尺收費五百元？

「特別骯髒的地方。」

逢甲換一個角度看着弟弟。

「生意不錯，業主對我們的服務滿意。」

「有多髒？」

「非常髒。」

「我想去看看。」

「不，阿姐，你不會想看到，我們配有特殊化學清潔劑，除臭、潔淨、消毒，潔白如新。」

「老實說出，是什麼場所。」

逢乙知道早晚瞞不過大姐，但遲說好過早說。

「多久了？」

「半年前成立，幾乎每週末都有預約工作。」

逢甲的背脊有點涼意，「究竟是何種任務？」

逢乙取出電話，給阿姐看照片。

逢甲一看，愣住。

她一時接收不來，要仔細看清楚，才瞠目結舌說：「這些，都是兇案現場！」

「正確！」

「你去清潔兇案現場？」

「不錯。」

彩色影像中，案發現場四壁與地上甚至天花板濺滿血漬，泰半已氧化轉鐵銹色，斑斑駁駁，叫人心驚肉跳。

「小乙，這種工作——」

「也要有人來做。」

「太恐怖了。」

「不是現場，而是兇手所作所為可怕。」

「難以想像人會對人做出如此兇殘的事。」

「大姐你品性善良，不願憎恨與報復，有些人，因為不甘失去，一定要把仇敵消滅，姐，現場並不可怕，兇手與受害人都已撤離，剩下臭腥與污漬，經過清理打掃，新的一樣，隔些日子，又可出租或售出，業主很感激我們。」

小乙給大姐看「事後」照片。

真的，一點也看不出，新裝修，光潔如新，再世為人。

「連化學液露敏諾都顯不出血跡。」

逢甲不知說什麼才好。

「姐，我已申請美某大學化工系，並把照片傳給他們參考，當然，我不會透露化學清潔劑公式。」

「什麼大學。」

「姐，ＣＩＴ。」

逢甲吸一口氣。

「姐，你會替我高興吧。」

「收到錄取信才算吧。」

逢乙握住大姐的手。

「注意個人衛生。」

「我們穿了生化衣才進現場。」

逢甲頷首。

再骯髒厭惡性工作也得有人做。

她不捨得逢乙離去。

「姐，我們三人永遠一起。」

說是那樣說，親愛好姐弟，一起長大，息息相關，可是，一旦他有了女伴，為之仆心仆命，又是另外一個人了，都一個樣子。姐妹若有怨言，立即反臉相向，避不說話見面，例子見得多，逢甲明白這是一般世情。

他這一走，海闊天空，自由翱翔，心中只有美麗新世界。

逢甲黯然。

「姐，你應為我高興。」

逢甲撫摸他面孔，「當初見你，覺你似隻小猢猻，又黑又乾又瘦，不料今日這麼漂亮。」

「我當時只覺姐兇，一雙眼睛，炯炯有神盯牢我，比女士嚴厲得多。」

「時間過得真快。」

「是嗎，我覺得慢透捱透，不耐煩之極。」

「小乙，我們往探訪女士可好。」

「我出旅費。」

「得了，我這裏有。」

正在籌備，那邊安老院傳來消息：「逢女士病重，器官自然衰退，你們可以過來一次嗎？」

逢甲的心咚一聲。

老人終於一個個排隊離去。

逢乙比她鎮定，「女士這一生無憾，帶大我們三個，功德無量，我們永遠紀念她。」

他們收拾行李，告假，訂車票。
夜半，逢乙又說：「女士一生神秘孤清，除出我們，沒有親人。」
「她是一個做學問的人。」
「她是立意不嫁，抑或沒有碰到機遇？」
「不知道，沒問，也不好開口，她不覺遺憾。」
「我們對女士欠缺瞭解。」
「關愛已夠，小乙，你我也不知彼此過去。」
「說得好，只有細丁沒有過去。」
逢甲不語。
他們三個的出生，真正不堪提，不過，也不必說。
「我只記得，一日睡醒，已經身在兒童院——」
看到姐姐陷入沉思，他不再說話。
路上他們比往日更加沉默。

最新型號鐵路時速百多公里，看不清窗外風景，只覺一片綠油油，雙眼舒服。

胃口那麼好的少年居然吃不下什麼，逢乙買一瓶啤酒三人輪流喝，細丁先盹着，接着是小乙，逢甲用外套遮住臉面。

忽然有人輕輕掀開。

逢甲反應迅速，一手撥開，什麼人在公共交通工具上如此猖狂。

「是我。」王開朗的聲音。

逢甲知他跟上，這次卻不嫌煩，雙目通紅。

「噓噓，我都知道，我來幫忙。」

他拉逢甲到另一座位，「不要傷心，努力向前。」

這種心靈雞湯式鼓勵叫逢甲微笑。

「這碗牛肉湯特別為你們所做。」

他助手挽着湯壺笑嘻嘻走近，逐碗盛出，逢甲看到胡蘿蔔等蔬菜，分明是道地羅宋湯。

她喝兩口。

逢乙醒轉，不覺意外，也不與王開朗招呼，自顧自喝湯。

王開朗輕輕說：「是小乙知會我。」

他們幾時成為朋友？

「一次，送食材到你處，只有他在家，談了一會。」

真想不到。

「我這才知道你們是領養兒。」

逢甲沉默，這小乙也說太多了，這時發覺：小乙也寂寞。

「我猜你們三個，沒有血緣。」

「你別猜太多。」

「明白，我無意探你們隱私。」

到站，王開朗的手下駕車來接。

逢甲說：「先去護老院。」

護老院林木處處，竹子矗直挺拔直入雲霄，環境煞是幽靜，灰頂白牆平房一幢幢約十來進，職員把他們帶入。

「建築群本來是某軍閥的避暑山莊。」

看護迎出，「逢女士的親人？來得正是時候。」

女士躺整潔小床。

逢甲連忙走近，握住老人的手。

老人轉過頭，看着逢甲，認不出是她，「噫，小姑娘，多謝你來探訪。」

他們都很鎮定，輕聲回答：「是，來看女士。」

女士已近彌留。

護老院食堂有素菜招待，大家吃一點。

逢甲留在女士身邊陪伴。

清晨，天空魚肚白，逢甲盹着。

忽然聽到女士叫她：「小甲，你來了，我是做夢嗎？」

逢甲連忙睜大眼，「不，我們都在這裏。」伏到她身邊。

女士微笑，「當初領你們回家，三個都得一點點大。」

「小乙已快成年。」

「細丁怎樣，她自幼體弱，那時才八磅多，面孔有一隻橙那樣大，但五官秀麗精緻。」

「女士，你都記得。」

她吁出一口氣，「多謝你們豐富我孤苦一生。」

「女士，你是我們的好母親，怎麼說這種話。」

女士哭出聲。

逢甲這時致電小乙，「快來，女士甦醒，說話清晰。」

轉頭，再看女士。

她覺不妥，女士睜着雙眼，嘴角帶笑，但已沒有動靜。

她按鈴叫看護。

看護走近，嘴邊正咀嚼早餐，見情況連忙吐出食物，看視病人。

逢甲呆呆站一邊。

這時小乙與細丁也趕到。

看護請醫生一起檢查病人：「八時零七分。」

姐弟靜默。

三人靜靜跪下，向女士匍匐行大禮。

醫生與看護感動，「你們做得很好。」

王開朗站在門外沒出聲。

辦妥事宜臨走他們在庭園等車。

逢乙問：「女士可有告訴你，為什麼沒有逢丙？」

「她只是說，初到逢家，細丁只一丁丁大。」

「細丁還用奶瓶喝奶，一日，指指杯子，表示想用大人飲器，才給她換。」

細丁默默聽着。

他們回到家。

逢甲向王開朗鞠躬。

他閃避，「不敢當。」

「朋友，你受之無愧。」

「腿上傷口復原如何。」

逢甲給他看，細細腿上兩個深洞。

「可以找矯形醫生重塑傷口。」

「不必，這便是我。」

語氣似硬漢，但雙腿細細，似未發育完善。

王開朗自知一向喜歡身段豐碩女性，胸是胸，腰是腰，加上美臀，這回是怎麼了，只覺逢甲惹人憐惜。

她說：「你也沒跟進粗糙傷疤。」

「在我心裏，醫生巧手救我活命。」

「朋友，你叫我汗顏，當時，最好只能做到那般。」

吃了好幾日素，他們去超市買肉類。

幾乎買下四分一隻牛，加一條牛尾。

那些牛肉尚未吃完，逢乙已經出事。

逢甲正工作，收到電話：「逢小姐可是敝校化工系學生逢乙的監護人？」

「正是。」

「逢乙在學校實驗室出事，請即來校一次。」

逢甲的心跳出來，「他沒事吧？」

「他安全，實驗室被炸掉一半。」

「馬上來。」

逢甲趕到院長室，看到王開朗已在那裏沒命價賠罪。

院長問：「你們的父母呢。」

「我們是領養兒，養母上月辭世，我是大姐。」

「啊，」院長靜一會，「你倆說，逢乙應當受何處分。」

逢甲垂頭坐一角。

「他不知做何種實驗，根本不在課程範圍，幸虧實驗室只得他一個人，他又戴着衛鏡，否則不堪設想。」

王開朗說：「我們願意作全部賠償。」

院長說：「如此危險魯莽人物，校方不想留他。」

這時逢甲輕輕站起，「先生，那請你寫一封推薦信，他已考取加州理工化學工程系。」

「有這種事？」

「並無謊言。」

「逢乙天資聰穎，又具冒險精神，可是大膽不羈，實在太過勇敢，這等人才，往加州也許是最佳出路，但推介信內必須提及是次意外，我不想他校實驗室成為瓦礫。」

「院長，逢乙的前程在你手中。」

院長嘆口氣，「他日他成為第二個諾貝爾，還會記得我這個院長嗎。」

「記得，一定記得。」

「我盡力而為。」他站起送客，「逢乙暫時休學，直至通知。」

走出校外，逢甲與王開朗渾身冷汗。

逢乙不出聲，無謂道歉，並不足夠。

逢甲說：「你不是有清潔公司嗎，這回派到用場。」

王開朗說：「我會與校方指定裝修公司接洽。」

這回，真要替逢乙買飛機票往加州了。

逢乙訕訕說：「朗哥像是巴不得送我走。」

王開朗這樣說：「着你阿姐自家開一爿動物小診所，反正此刻客人也都衝她而來。」

「沒有生意怎麼辦。」

王開朗有深意地輕輕說：「我會介紹朋友給她。」

「請記得我是獸醫。」

也許，小乙轉運了，院長的推介信，寫得寬容大量，把小乙的優點一一指出，但也責他膽大輕率，不過，他不也正是好奇熱情的年輕人嗎……

臨別訓言，逢甲說：「你在外，要事事當心，別像枚定時炸彈。」

逢乙訕笑，「聽阿姐的話。」

「這給你做身邊零用。」

「不用，大姐，許多人袋裏只有三塊錢就出發讀書。」

「你聽他們瞎講。」

小乙把計劃告訴大姐，他已申請到宿舍，不過不是抵埗就有空房，先得在大堂或走廊打鋪，或是通宵逛街坐咖啡館，他很興奮，全然不覺是吃苦，視作一種經歷。

逢甲問：「你也成年，對於自家身世，可有思疑。」

「年前也好奇查探，因是封閉領養，無跡可尋，心想，也不必找查證機構代勞了，反正是難言之隱，過去也就過去，我也沒打算要供奉他們，更不會問他們要賠償。」

「好漢子。」

「阿姐，你呢？」

「多得女士，我已有住址職業。」

「姐，你與朗哥——」

「你就別管這閒賬了，我此生不打算組織家庭。」

「姐，言之過早。」

「我若不事事下死心，就不會有今日，我已當自己出頭。」

「是的，阿姐。」

「小乙，你，結婚生子，都請知會我一聲，這是最低限度禮貌。」

「姐，言之過早。」

「有空餘與零錢，時時回家看看。」

「那是不用囑咐的事。」

是嗎，都這麼說，逢甲莞爾。

「大姐，多年來你因何事抑鬱。」

「誰說我情緒有毛病，去去去。」

他取出一隻文件夾，「這裏有一戶人家，需要做特別清潔，早已收費，排期到下週六，我不想食言，大姐，勞駕你代辦。」

「你的同伴呢。」

「陪女友一家人度假，他做挑夫。」

真有出息。

「我代你去吧。」

「這一戶人家，廿九歲女租客服毒自盡，三日後才被鐘點工人發覺，只略有嘔吐血漬。」

逢乙用平常語氣說出，更叫人欷歔。

年輕生命，決定不再面對世界，即使將來柳暗花明，她也不再在乎。

「聯絡不到親人，一切由房東代辦。」

「那房東不夠運。」

「大姐，此刻的房東一見高危單身租客，早已買下保險，如遇類此意外，便可得到賠償，麻煩當然有，不致損失太大金錢，裝修一下，髹漆妥當，又可出租。」

逢甲發獃，社會竟進步到這種地步！

「藥品、生化衣，都已準備好，約兩個小時便可做妥，拜託。」

逢甲還在發怔。

「細丁漸漸長大，她比你更像女孩子，她希望擁有淡藍色襯衫配同色頭箍。」

「啊，是嗎。」

「姐，別怪她虛榮。」

啊，怎麼會。

逢甲趁空檔，替細丁買兩套，一藍一黃，放細丁床頭。

姐妹送行。

王開朗真有辦法，已與小乙混得爛熟，與他擁抱，逢甲看到他把結實厚厚一卷鈔票塞進小乙口袋。

逢甲無奈，只希望小乙自己有判斷能力。

王開朗做的，至少也是騎牆生意，他若想招募小乙，逢甲也沒有辦法，小乙已出了逢甲照顧範圍，小乙已經長大成年。

她輕聲問：「你交際網寬，加州也有朋友？」

王開朗不語。

「多謝你看顧。」

「這不是譏諷吧。」

「我是一個知道感恩的人。」

「你放心，小乙會有出息。」

「我只希望他成為一個平凡快樂的人。」

「你對小乙的身世知道多少。」

逢甲一怔，王開朗已把他們一家都調查清楚。

「我所知極少，也不想知道。」

「大約是兩歲那年，坊眾發現他在公園呆坐，據街坊說，已有兩三天，他身上有傷口瘀痕，明顯是混血兒，他們給他食物及水暫活，報警。」

逢甲不出聲。

「在孤兒院恢復健康，頑劣異常，數年後被女士收養。他在逢家十分乖巧。」

「許是女士與你關愛的緣故吧。」

「我呢？」

王開朗一怔。

「我的身世又如何。」

王開朗低聲說：「我猜想你不喜別人探索你私隱，我也不想知道。」

「我這一生，不堪回首。」

「你才廿歲出頭，如何說這種話。」

逢甲吁出一口氣，「你在我身上，白用心了。」

「你不喜歡我做的行業。」

「我不知你做何種職業。」

「我買賣黃金與寶石。」

「賺頭彷彿不錯。」

「蠅頭小利。」

逢甲抿抿嘴，「太謙虛啦。」

「你試想，黃金那麼重，任你進金庫又抬得多少，寶石賣鑲工，拆出只值十分一。」

啊，生意如此難做。

但是，他可能沒有寶號，也沒有執照，暗地裏來去，又不同說法。

「那次受傷，發生什麼事。」

「有人為一顆寶石的價格食言。」

「那，你就不能吃一點虧嗎。」

「身不由己，每次都那麼禮讓，以後站不住腳。」

「性命還不及利錮重要。」

「人在江湖。」

這王開朗，什麼都有個理由。

他有他一套，看樣子最近生意滔滔。

「你不用向父母交代嗎。」

「父母在我七歲時已離異，此刻各有家庭，缺錢時會出現：『你此刻生活不成問題了吧，有就拿出來』。」

逢甲聽說過，珏秀的父母也是這種機會主義者。

「他們對你的遭遇，一無所知。」

「男子漢，不抱怨。」

珏秀卻說：「以為鈔票由南風吹至我身邊。」

「身為男子，還有什麼不可做？」

「說女子壞話，埋怨家勢沒幫他，社會欠他公允……」

逢甲忍不住笑，「朋友，你也有趣。」

「很少看到你笑。」

「朋友，與你說話，相當愉快。」

「你已知我身世。」

是嗎，也不過是可以說的順便說幾句吧。

家裏少了逢乙，靜寂許多，平時，他腳步聲踏踏，不是推翻椅子，就是拖拉桌子，不然就是嘀咕某書某筆記不見，總有聲響。

「細丁，以後靠你多開聲。」

醫妥聲帶之後，細丁仍然很少說話。

「姐，我將來讀天文物理可好。」

「那你要多練習數學題，天文學分類甚多，據我所知，牛頓與哈利先生之後，並無什麼重大新發現，當然，觀天儀器進步，影像清晰許多，這樣吧，你學習大氣層，比較不離地。」

「躲懶。」細丁笑說。

細丁聲音異常悅耳嫵媚，可能毫無根據，但逢甲樂意猜想，捐贈聲帶的，也許是一位歌唱家。

接着，姐妹説到最近一次日全食，是天文物理學家觀察日冕好機會，平時日光太亮，看不清楚，趁日食，日冕線條清晰，它其實是鐵質，攝氏千多度高溫下，鐵分子內的十六個電子飛逸，化為電離子，這便是太陽風暴，與地球磁場接觸衍生極光……

才説個不停，細丁忽然氣餒，「我想念女士，我想念小乙。」逢甲擁抱她一起入睡。

第二早，看到日曆上有紅圈劃住，咦，什麼事？半晌，才想起受逢乙所託，要前去某地址清理自殺現場。

真是惡差事。

但是，受人錢財，替人消災。

那天醫務所工作清閒。

一隻五歲臘腸狗後肢忽然癱瘓，五歲小女主人與牠一起長大，哭得似淚人。

又有五兄弟姐妹自各地回來齊集，哀悼重病即將人道毀滅的老狗。

逢甲都一一處理。

她告訴同事，她早些走。

照着地址，來到華夏樓八樓丙座。

她打開逢乙交託的大袋，拆出生化衣穿上，這件薄塑膜衣褲連頭罩與手套及鞋，整個人包裹住。

她用鎖匙打開門，開亮所有燈。

密密包住的她原應覺得熱悶，但逢甲一陣寒意。

小客廳家具雜物已經搬清，當然，事主也早已移走，她打開所有窗戶。

她輕輕說聲「打擾，我前來清潔」。

取出工具及藥水噴霧器，照逢乙關照那樣，全屋連天花板噴一遍，待其乾爽。

睡房地板有若干深色血漬，逢甲小心處理，縫隙均不放過。

可以想像女子服毒之後，不適、嘔吐，自床落地，爬行數尺，終於失去知覺。

她在該數分鐘內可覺後悔？

沒有人會知道。

其實，不是不可以捱過去，有一段時期，在女士接她回家之前，年輕的她也曾經想過：自某處躍下，無聲無息，也是一世，有一次被珏秀喝住，另一次被另外一個女孩的哭聲引開。

但一個人獨住，情況又不一樣。

罩着頭，逢甲聞不到異味，但相信室內氣味必不好聞。

待消毒藥水乾燥，她再仔仔細細拖一遍，所有清潔工具，全得在指定地點丟棄。

她連玻璃窗，吊扇與燈罩都拭淨。

加上新裝修，神不知鬼不覺，租給新房客，小公寓有了新生，前租客永遠被人遺忘。

逢甲忽然氣忿，怎麼可以自尋短見呢，一定要既來之則安之，活至七老八十，不是為爭氣，不是為別人，而是為自己。

逢甲握緊拳頭。

剛準備離去，門鎖輕輕一轉，有人進屋。

那是一個年輕男子，與逢甲四目交投，各自退後三步，互相瞪視。

男子狀頗斯文，一臉詫異，看着穿生化衣褲宛如外太空人的逢甲，不知是男是女，「你是誰？」

「我是清潔工，你又是誰？」

她摘下帽斗，露出小臉，已一頭汗濕。

男子一怔，居然是個標致小女生。

「打擾你工作，我是房東，我叫陳貫。」

逢甲一怔：「都做妥了，你看看可滿意。」這名字好熟。

「啊，清潔藥水沒有強烈氣味，太理想了。」

「這是本公司特殊配方，其實仔細一點嗅，還是有種白菊花味道。」

「謝謝你。」

逢甲起疑，「你可認識房客？」

「不，公寓由中介租出。」

他並非疑犯。

「房客為何輕生？」

「我摸不着頭腦，她租住年餘，相安無事，從不欠租，據中介說她在政府機構工作，領取房屋津貼，為人斯文有禮。」

「照說，不應沒有朋友。」

「發生這種事，朋友躲避，也是常情。」

陳貫十分直爽。

「我還有事，先走一步。」

逢甲留下名片。

她在玄關脫下生化衣，捲成一堆，放入大袋。

在那叫陳貫的年輕男子眼中，這一連串動作像電影中慢鏡，姿勢曼妙，叫他看得發獃，啊，先輕輕剝下袖子，褪下上衣至腰，然後是左褲管，接着右褲管，再彎腰拾起整件蛤蟆衣。

她裏邊端端正正穿白襯衫卡其褲，給他的感覺，並非如此。

男子一生未見過這麼曼妙情景，噫，年輕人覺得活着還是好的。

他實在心不由主，踏前一步，「逢小姐，有空喝杯咖啡否。」

逢甲一怔，隨即輕輕回答：「我還是有事。」

在電梯裏，兩人都沒有說話，氣氛有點尷尬。

「很少女子做這種工作。」

逢甲感慨：「什麼樣工作都得有人做，生活下去就好。」

「逢小姐，你講話恁地有理。」

逢甲丟掉垃圾回家。

告訴逢乙，工作已經辦妥。

「姐，你可以把我的公司股份接下做。」

「謝謝不用。」

「姐，這是一門生意，據統計，都會每年約有兩千宗孤獨死案件，需要專人處理，分到一百宗工作，已有豐富利潤，費用由保險公司支付，不會拖欠。」

沒想到這種生意也成行成市。

「老人佔大多數吧。」

「那自然，但是，越來越趨年輕，四十至五十歲獨居人士今年升70%，他們離婚、失業、患病，於是……是商業社會不幸現象。」

逢甲過一會兒說：「我們想念你，家中沒有男人總差一點。」

「有人欺侮你？」

「那倒沒有。」

「讓朗哥走近一點吧。」

逢甲忽然生氣，「我這輩子，不會有男女私情。」

「細丁很快長大——好啦，不多說，下次再談。」

第二早打開報紙新聞版，報道說一名四十六歲男子伏在書桌上，死去已有三四天，他之前曾在報館工作。

傍晚，王開朗探望。

他替細丁量度高度，磅體重。

「姐妹倆身輕如燕。」

細丁笑聲嫵媚，這樣說：「朗哥好像有話要說。」

「聽說，小乙有女友了。」

逢甲學着那種勢利的妯娌語氣：「是有錢女嗎，可有嫁妝，最好連房產傭人一起。」

開朗笑，「是一個南亞護士學生，此刻已經放棄學業，——所有時間用來纏住小乙。」

「恐怕她要失望，其實，護理病患者是一項高尚造福人群職業，一向受社會尊敬，護士學生若有志向，不難升到護士長甚至更高位置，毋須改做結婚員。」

細丁都聽在耳中，「姐在說話給我聽。」

「早些年通訊設備比較落後，男性留學生在外國落單、寂寞，比較希望得到伴侶，此刻，已不急於尋找異性慰藉。」

開朗嘆氣，「那我為什麼老是探訪你家。」

細丁調皮，「朗哥是房東，來視察業務。」

細丁笑聲似銀鈴一般。

有時他工作勞累，上來喝杯冰凍啤酒，靠沙發盹着，醒了說聲打擾，輕輕離去。

他也怕寂寞。

逢甲替他置一條毛毯，以及一隻有夾層的啤酒杯，放冰格內，夾層會結冰，斟入啤酒，可保持冰凍。

當然，他們這樣的關係有點曖昧，王開朗不是不知道，他也盡量不出現，但心中想着逢甲，有時以送食物為名，逗留一會。

逢甲不怕他，但屋裏還有細丁，不得不顧忌一些，欠着這個人如此大的人情債，生活不好過，十分矛盾，每次兩人相見，當中都有含糊張力。

那天下午，她坐王開朗專用座椅，發獃。

頭一抬忽然看見王開朗來訪，已站在門口。

有女子跟在他身後，一時沒認出，她笑容滿面，「小甲！」逢甲呆住。

是珏秀，她回來了，胖許多，臉圓圓，與上次見面差得遠。

「快進來。」

珏秀拎着許多禮物，看到細丁，朝她招手，「這麼大了，小美人呢。」

細丁腼腆，不敢走近，招呼一聲，躲入房間。

逢甲受到突擊，離一離神，但不消片刻，便聚精會神招呼：「珏秀，時時想起你。」

「別人說這話，我才不相信，你又不同。」

恃熟賣熟，自己開冰箱取冰淇淋及汽水做蘇打喝。

王開朗站在一邊不出聲。

逢甲問：「回來可是有要事。」

「小甲，我要報恩。」

「時光倒流到七俠五義時代，報恩與報仇同樣淒厲，互不拖欠最好。」

珏秀哈哈笑，腮肉顫抖。

「你不能再胖下去了。」

「你一定要說這些掃興的話，我天天對着自己，難道不知道我胖。」

她走近擰逢甲面孔，「你還是那麼好看。」

淚。

逢甲擁抱珏秀，姐妹倆經過那麼多，想起護幼院那段時光，兩人不禁落

王開朗是否在想，一向看慣逢甲硬朗，她陰柔一面，原來更加動人。

他把沙發移到一角，坐下假寐。

逢甲問珏秀：「可是回來結婚。」

「我是想。」

「你可以主動提出。」

「他心裏另外有人。」

「不會的，你才是他終身淘伴。」

「你與他如何。」

「我接受他人情，如此而已。」

「你當真不會考慮他？」

「我另有打算。」

珏秀說：「只有你說這樣的話，我才相信。」
她整個人肉騰騰，肩膀動，胸脯也顫動。
逢甲微笑，「你是男子殺手。」
珏秀問：「王開朗是真的睡着了嗎？」
「他要假裝，你讓他裝去。」
「去，小甲，下碗麵我吃。」
她倆到廚房做鹹菜肉絲麵，料理由上海館子現炒，小乙最喜吃。
珏秀說：「你講，我與你一起嫁王開朗可好。」
逢甲拉下臉，「珏秀你這瘋癲多早晚才改。」
「你不肯，他也不肯。」
「珏秀，我不是沒考慮過同你絕交。」
「不會的，我是你生命中一部分。」
把麵盛出，看到王開朗已經起來，與細丁研究功課，熟落一如自己的家。

珏秀忽然酸溜溜，「搶走妳男人的，往往是你最好姐妹。」

逢甲生氣，把麵掃到地下，「你老遠回來，是給我戴帽子穿小鞋，走，你們兩人替我走遠遠，去摟在一塊死，再也不管我事。」

細丁嚇呆，大人情緒上落千變，叫她驚惶。

逢甲打開大門，「走。」

兩人只得離去。

細丁已在收拾，逢甲過去幫她。

這時有人按鈴。

逢甲去看，不，不是他們兩個回轉，他們二人已在往婚姻註冊處途中，門外站着的是另外一幢公寓的房東，他叫陳貫，名字好熟。

「你怎麼找到這裏？」

那陳貫訕訕的不好意思出聲。

「也罷，去喝咖啡。」

她叫細丁，細丁說：「我還有功課。」

「自己當心，別開門。」

訪客微笑。

逢甲洗一把臉同他出門。

「別笑我婆媽，上月才有個十三歲漂亮少女，獨自在黃昏出門失蹤，死在公園，這世上真有魔獸。」

「你還記得我名字吧。」

「你叫陳貫，好名字。」

「你忘記我是誰了，陳貫呀，你的舊鄰居，父親是陳教授。」

哎呀，是他，那個傻小子。

「姓逢的人不多，我也是剛想起，小甲，我在門上留言給你——」

一看，果然，大門外邊貼滿小小字帖：尋人，逢醫生快回覆，有急事尋人。

荒謬，逢甲喊：我不欠你們。

這時，有小小手揉她面孔，「姐，姐。」

逢甲驚醒，一身汗。

啊，盹着了，好長的一個夢，細節豐富，還記得許多不合理之處：珏秀不會成為胖婦，她寧願餓死也不肯胖；第二，剛認識的男人在夢中回憶到是老友陳貫，還同他約會外出。

「姐喝口茶。」

解了渴，精神好些。

「姐，你許久沒放假，帶我一起旅行走走。」

「你想去何處。」

「去看乙哥。」

「我考慮籌劃一下。」

細丁比她更想走出去。

逢甲問小乙：「來看你，行嗎？」

「細丁可是想出來讀書。」

「不好當她面說：實在未能負擔費用。」

「朗哥呢。」

「你真好意思。」

「那麼，交給我吧。」

「你女朋友多，我怕細丁受欺侮。」

「這怎麼會呢。」

凡是女友，第一件事便要叫男友落單，斷絕他與親友關係，形成她一人獨大，一起長大的姐妹，尤其是眼中釘。

「姐你想太多，我保證把她們趕走可好，先過來探路，我們去看加州最大紅木樹。」

談吐都不一樣了，在外讀書真有好處。

「做什麼散工多？」

「已把發明交學校聯絡化學公司，有時間，到餐廳做侍應，沒有壓力，半工讀學生數目越來越多。」

「當心自己。」

王開朗沒閒着，世界越清平，他越清閒，整個歐陸亂如麻，他生意機遇也繁忙，連助手身勢也威煌起來，直叫大哥換車。

「依你說，駕什麼車？」

「賓利，它低調。」

賓利還好算低調。

「你一日在這裏工作，一日別想。」

「如果逢醫生提出要求呢？」

「逢醫生永遠不在乎這些。」

助手說：「這是真的，逢醫生是個獨特女子。」

「你怎麼看她？」

「大哥的女友，屬下不敢妄加評論。」

「有什麼不妨直說。」

助手也聰敏，「她彷彿還不是大哥女友。」

「她拒我千里。」

「也不是，她好像把大哥當大哥。」這真夠慘。

王開朗苦笑，「還真沒女子如此對我。」

「逢醫生曾救過大哥呵。」

「她的鎮定勇氣，叫我佩服。」

「也許——」他遲疑。

「說。」

「也許逢醫生在感情上曾經遭遇挫折，故此有了戒心。」

「我也猜想如此，但什麼人會傷害她那樣的女子呢。」

「魔獸。」

雖然對答得體，助手還是出了一身冷汗。

「你出去打聽一下。」

已經按捺那麼久，算是不易。

報上財經版大字標題：避險情緒更為高漲，金價上望 1321 美元。

嘿，一度曾望 2000 美元。

助手往私家偵探處求助。

偵查員說：「我已退休。」

「你最不願辦『偵查女子身世』案。」

「愛便愛，不愛便不愛，知那麼多幹什麼，不外有私心想知多些秘密來箝制對方，這種做法至為下作，會有什麼好結果！」

「我大哥在那女子身上用心已有兩年多，不得要領，難免心急。」

「加碼。」

「已經落心出力也不乏經濟資助。」

偵探駭笑，「你說的是王開朗？他從未失手，他要人有人，要財有財，這回子是怎麼了？」

助手出示最近照片，「這便是那女子。」

偵探細看，「嗯。」

「如何？你眼光客觀。」

「竟全無化妝，寬身衣褲，相當飄逸，像從事文藝工作女子，也不能說萬中無一。」

「她是一名獸醫，一次，為重傷王開朗縫合胸膛。」

「啊」，偵探驚奇，「這是犯法的大事。」

「正是。」

「難怪。」

他拿起一張大頭照，看清楚逢甲雙眼，他一怔，照片上女子正轉頭看不知什麼，有綹頭髮擋住臉，她伸手拂去，那雙髮絲間的眼睛！半瞇着特別嫵媚，竟然有種魅異感覺。

偵探放下照片，剎那間改變主意，「從什麼地方查起，可有線索。」

「本市靈糧護幼院。」

他說：「男人之間，也得互相照顧。」

那一日，是逢甲生日。

所謂生日，不過是她進入護幼院那一天。

與她差不多年紀的，有珏秀，於是，叫她玟秀。

珏秀教她：「叫你，你要立刻回應，站直，雙手垂下，叫你做什麼，你都要做，不要出聲，什麼都忍着，待滿十八歲放你出去，你愛說什麼愛做什麼都可以，這叫做好漢不吃眼前虧。」

她已經十三歲，仍然乏人領養。

她真的什麼都願意做：衛生間淤塞，小兒嘔吐排洩，她一概不介意，只希望上學，於是，他們在護幼院附近小學課室擺多一套枱椅。

珏秀取笑她，「我們這種人，一開頭上錯車，無論去多遠，都得對司機說：『勞駕，前邊坑溝下車』，哈哈哈，無處不是溝渠，等着我們踩下去，哈哈哈。」

一早有人送來花束糖果，一看就知道是王開朗所為。

花是紫色小束毋忘我，巧克力連小盒子都可以吃，一共只三顆，同事一下子分走。

還有一張請帖，「下午五時來接」。

不過，逢甲去哪裏都得帶着細丁，這次也不能例外。

她沒說該日也是細丁生日。

免得王開朗又送什麼大禮。

所欠的，來日一定要十倍百倍奉還，利疊利，還欠他萬倍，這是魔鬼的規矩。

細丁到診所等她。

王開朗精神奕奕，雙手插褲袋，笑嘻嘻。

助手把車駛往一個住宅區，大廈樓下一列家庭診所，其中一所招牌用紅紙蒙着，王開朗推門讓客人進去。

噫，是一間小小診所，接待員親切招呼：「逢醫生好。」

逢甲一定睛，便看出是一間設備齊全獸醫診所，她意外看向王開朗。

他點點頭，招呼她走近內裏。

醫學設備比逢甲一直工作的診所還要周全與先進，最令她感動是一架磁力共振掃描，可叫動物傷患一目了然。

王開朗攤開手，希望她接受。

已經欠他房租，再欠下去，不知要押上什麼。

「你做自己私人診所可以賺多些，很快付清房租。」

這是說，借王開朗的米，還王開朗的麵，逢甲微笑。
細丁輕輕說：「阿姐笑。」
王開朗說：「姐妹倆真可愛。」
把紅紙揭開，看到是「丁甲獸醫診所」幾個字。
沒忘記細丁，逢甲特別高興。
「你原來工作診所，聽說經營不善，打算結業，本市寵物多，獸醫少，間間診所都有盈利，就他一間蝕本，奇怪。」
逢甲不出聲。
「你若有合得來同事，不妨請他們過來，不過，最好等到人家關門之後。」他教她江湖之道。
逢甲仍不出聲。
「聽你指示隨時營業，祝你生辰快樂。」
沒想到夢想這麼快成真。

逢甲一夜不寐，第二早，診所負責人向各同人宣佈歇業，照勞工處規矩賠償，另加三個月。他說：「家母辭世，弟妹要求分家，鋪位此刻出售，勝過做十年診所，對不起各位。」

各員工無言。

逢甲並沒有提到丁甲診所，新的開始，新的同事，免得聽到「她從前……」這種開場白。

那天報上新聞：「必賺的煉金術：越來越多普通人走私往日本，因為日本走私黃金不用坐牢，得手省下8%關税，真被抓到，付完最高罰款一千萬日圓與税金就能拿回黃金，淘金好機會！甚至有私人飛機走私黃金。」

三天後逢甲接到新診所電話：「逢醫生可否來一下，一隻北京狗難產，恐怕——」

逢甲自有一小篋工具，她抓了出門。

母犬已經有氣無力，一直躺主人懷中嗚咽，診所一開張就遇如此難症，是宗考驗。

女主人哭得雙眼如核桃，緊緊抱住小狗。

逢甲洗手戴上手套，伸手探入握住小狗雙腿拉出，牠沒有呼吸，女主人驚得呆住，醫生連忙用毛巾裹住搓揉，仍無呼吸，醫生無私用對嘴人工呼吸，那小崽只得手心大，忽然動一動，主人驚喜。

還有。

逢甲再挖出一隻，這次救不活。

她頹然，「還是得開刀救第三隻，朋友，你莫放棄。」

她沒注意王開朗在窗外看到這一切，行走江湖硬漢竟驚駭呆住，只見逢甲雙手都是血，絲毫不在意，全神貫注救小生命，眼神、手勢，均堅定無比，啊，這女子真叫他傾心。

他以往女友，看大顆鑽石時也有那麼專注。

她抱狗進入手術室，王開朗靜靜離去。

他的助手，清晨找到靈糧護幼院，古舊建築物外牆很明顯需要維修，門外貼着告示：「歡迎資助慈善事業」，這就有縫子可鑽了。

他走進，與職員談一會。

職員一聽是善長仁翁，不卑不亢，卻忍不住開心微笑，「本院設備均已破舊，這些日子頭痛醫頭，腳痛醫腳，不像樣子，衛生間、洗衣房、冷暖氣、廚房、窗戶、水喉均要修整……」

「估計大修要多少費用？」

「正規政府批准報價表上列得清清楚楚，」她送上表格。

總數是兩百多萬。

「先生可隨意，即使修整一個水龍頭，本院也一樣感恩。」

「可否待我與老闆通電話。」

「當然，這位先生貴姓。」

「我老闆姓王。」

他走到門外，向王開朗報一個價。

「是，是，明白。」

他又回轉辦公室。

「王先生他說，沒問題，他可全部承包。」

職員「啊」一聲站起。

「王先生他想打聽一個人。」

職員按下驚喜，「是誰？」

助手出示照片。

職員仔細看，「少女相貌娟秀，我不認得，我在院裏工作不過三年，要找年紀大的嬤嬤詢問。」

「三日後我攜合約與支票前來，希望有一個答案。」

職員猶疑，「先生，本院十分渴望得到閣下資助，但本院採取保密式領養程序，一向不會透露事主下落。」

「我明白你們苦衷，但希望貴院以大處着想，個別處理個案，護幼院修理重生，惠及百名兒童，還有將來求助孩子，你們大可考慮一下，三日後，我來取回覆。」

助手斯文有禮，深深鞠躬。

助手回去報告。

「他們有些原則。」

「那是因為尚未想清楚。」

「照說，把整間護幼院翻新，是做善事。」

「我不會出名。」

「看他們的意向了。」

一個人，一個機構，一個國家的志氣與原則，只能堅守到某一地步。

第三天一早，助手又出現在護幼院門口。

這次，一班五六歲男女小孩在門口歡迎，向他鞠躬，他正好帶着禮物，是整箱力高積木。

主持人連忙說：「代孩子們謝過王先生。」

助手坐下，靜待主持人發言。

「請問，你為何尋找照片中少女。」

「一點惡意也無，我老闆人認為她可能是失散小妹。」

「啊，是這樣，少女今日生活過得不錯，為一位女士領養長大，現有正當職業，過去不幸，相信已經淡忘。」

助手取出一張本票與合約，輕輕推前。

「少女叫玟秀，今年，約為廿三歲，這個年齡由醫生報告估計，她乖巧、勤力，讀書成績優良，幾個嫲嫲對她都有印象。」

助手點頭，示意她說下去。

主持在抽屜取出一隻文件夾子，「都在這裏了。」

看樣子他們辦事也不是沒有系統。

「這件事，希望先生替本院保密。」

助手站起，「我們，從來沒有見過面。」

辦妥事，他很高興，並不敢翻閱文件，立刻帶返給王開朗。

王開朗立即親手登記入私人電腦，原版派專員送返護幼院。

「做得好。」

「大哥教得好。」

「你沒有好奇心吧。」

「事不關己。」

王開朗知道，也只有這個助手聰明可靠。

半夜，靜寂，他獨自細看逢甲在孤兒院紀錄。

孤寂熒光射到他英俊臉上，他全神貫注閱讀紀錄。

忽然之間，他霍一聲站起，一隻手掌掩住嘴，雙眼瞪大，喘息，然後，不置信，重讀一遍紀錄，那些字句，在熒幕上跳躍，他推翻電腦，坐倒地上，不能言語，眼淚忍不住淌下，流滿一臉。

半晌，他撐起，到浴室用冷水洗臉，噁心，嘔吐，發覺喉嚨已啞，悲傷痛心到極點的他，不由得握緊拳頭嗥叫。

天濛亮時，他用右手掰開左手緊握發白指節，用極燙的水，在蓮蓬頭下淋足十分鐘，穿衣，然後，叫司機送他回公司。

助手發覺他面如死灰。

他同偵探朋友說起。

「活該，想見鬼，果然見到了鬼。」

「那份檔案裏到底說些什麼。」

「幸虧你沒看。」

「照說，我大哥肩膀可擔千斤。」

「萬斤就擔不動了。」

王開朗在辦公室與親信開會。

——「這次，一千三百公斤」，「均有人認領？」，「已全部確認」，「統計全世界的白金量，其實只能填滿這間房間」，「飛機最快幾時出發」，「今日下午」。

散會。

王開朗站起，腳步不穩，身子向左偏，碰到茶几，幸虧撐住，不致於倒地，他再次嘔吐。

手下原裝作看不見，免使大哥尷尬，這時不得不扶住他，「請醫生。」

他們把他平放沙發上。

醫生趕至，仔細檢查，疑是舊患復發，「入院細究。」

「我吃了一碟不潔炒蜆。」

醫生不理，「即刻入院。」

王開朗掙脱手下雙臂。

這時他的助手推門進來，身後帶着逢甲。

逢甲輕輕走近，「怎麼了。」

王開朗抬頭看到她，不禁淚如泉湧。

逢甲吃驚。

把臉埋到逢甲手中，「小甲……」哽咽。

醫生替他注射。

「我不去醫院。」

「噓，噓。」

眾人退出。

逢甲問醫生：「怎麼一回事？」

「王先生情緒不穩，身體明顯過勞，需要休息，當然最好入院。」

王開朗啞聲說：「非法禁錮，報警。」

「好，好，不去，不去，回家。」

助手心想：還是逢醫生有辦法，幸虧把她叫來。

兩人把王開朗送回住所。

「我不進去了，他已經受藥物影響睡着。」

「逢醫生，謝謝你。」

「可知發生什麼事？」

助手找藉口，「也許，是家裏老人……」

「啊，你安慰他一下，他其實比誰都明白。」

「但是，針不刺到肉，不知道痛。」

逢甲微笑，這助手一直有趣。

她回到家門，有人叫她：「小甲，你是小甲。」

她一怔，轉頭。

是那傻小子陳貫，他也終於想起，兩人相隔多年，終於無意相逢。

「陳貫，你好。」

「你好意思，搬家完全不知會我！」

「陳貫，我們有我們難處，當年忙着適應新生活……不訴苦了，你塊頭比從前更大，我也沒一下子把你認出，快進屋喝茶。」

陳貫忿氣忽然平靜，「小甲，各人還好吧。」

逢甲斟上菊花茶。

「女士已經辭世，小乙在加州，細丁尚未放學，啊，陳教授與夫人想必安好。」

「他們現居住英國肯特郡郊外頤養天年。」

「所以由你看視物業。」

「真沒想到靠那間公寓與你相逢。」

「生活中充滿機緣。」

「我找到清潔公司，才查到你——不說了。」

老朋友忍不住擁抱一下。

「結婚沒有？」

大個子笑，「誰要我。」

「啊唷，千萬別這麼說，你有房產——」

「你呢，小甲，追求你的人是否仍然成群成市。」

「對，像市集一樣。」

門一響，細丁放學回來。

逢甲連忙說：「細丁，看這是誰，認不認得出。」

細丁走近，看一回，微微笑，「你是陳貫哥哥。」

即時認出，好眼力。

陳貫呵呵笑。

「細丁，洗把臉，我們請陳貫出去吃飯。」

「不，逢甲，做碗麵我吃便可。」

細丁說：「我來做，你們說話。」

陳貫是隻快樂蛋，健談，告訴逢甲，讀了八年，轉三間學院，才算拿到學士。

還是教授之子呢。

「總算比細丁快一點畢業。」

大家笑。

陳貫在九時許依依不捨告別。

細丁忽然說：「常常來。」

陳貫笑着走了。

細丁說：「陳哥一點沒變。」

「我呢。」逢甲欷歔。

「姐，你也沒變，你永遠是好姐姐。」

哈哈哈，逢甲寂寞地笑三聲。

第二天，她問助手：「王先生可好？」

「正在開會，他已恢復正常。」

硬漢即硬漢，什麼事，他想説之時自然會説。

丁甲獸醫診所，位置較隔涉，但生意卻不錯，不致排長龍，但一獸接一獸，也沒空檔。

下午，有一年輕男子提着籠子進來，奇臭無比，叫人掩鼻，是什麼動物？看護連忙噴除臭劑。

毛巾打開，原來是一隻小狐狸，並非本市合法寵物。

不過，逢甲並非判官，她只是獸醫，這隻狐狸，過些時候，不知是否會向男主人報恩。

「眼睛有病。」

由主人握着，撥開左眼瞼，點藥水熄燈照看，「是砂眼，非常痛苦，角膜已受損，牠約有，嗯，三歲左右，年事已長，不宜麻醉。」

男主人一味點頭。

「養了多久？」

「出生到今日。」
「應當相互信任，來，來，裹住全身，僅露左眼，看護，取電筆。」
逢甲金睛火眼，在放大鏡下清除一顆顆患處。
「狐狸，也得注意衛生，幫牠清潔。」
狐狸掙扎。
「朋友，聽話。」
護士去調校藥水，咕噥：「怪不得叫狐臭。」
醫生開出抗生素。
護士說：「這塊髒毛巾不能再用。」
「可是，牠熟悉氣味。」
護士剪下一吋丁方，「給牠。」
青年人付款後千謝萬謝離去。
「是隻老狐狸。」

「眼靈、嘴尖、尾大、風韻猶存。」

醫生與護士都笑。

意外，總是在太陽落山之後發生。

看護說最後一則笑話：「去年，愛護動物會門外有人丟棄一隻大紙盒，工作人員打開一看，見到小小可憐狗頭，於是叫牠『小小』，盒子抬到室內，把狗狗抱出，嘩，像圓球，胖得不能再胖，舉步艱難，肚皮碰地上擦破，看來原主人無法拯救，故丟在門外，員工設法讓牠吃減肥餐，做跑步、游泳等運動，辛苦一年，牠終於瘦下來，恢復健康，但肚上鬆皮仍然拖到地，怎麼辦？於是做矯形手術拉肚皮……」

一邊下班一邊笑得打跌。

逢甲收拾雜物，就在這時，診所門推開，有人滾跌進來，「逢醫生，救我。」

逢甲退後兩步，剛要報警，尾隨另一人阻止，「甲，放下電話，是我。」

是王開朗。

逢甲再也不能鎮靜，沉聲問：「又怎麼樣！」

躺地下的正是他助手，年輕人已不能說話，半昏迷，牙齒互撞，抽筋，腰間紮着件襯衫，染滿鮮血。

她嘆口氣，與王開朗把助手抬上手術枱，立刻進行一系列急救措施，也不耐煩再指出她只是獸醫。

把染血襯衫解開一看，倒抽一口冷氣，又輕輕掩上。

她趨近傷者面孔，替他抹淨血污，輕聲問：「朋友，你叫什麼名字。」

傷者嘴唇微微動一下。

王開朗說：「他叫戚子。」

她的確不知他姓甚名誰。

「戚子，你得進急症室。」

「不行。」

「你不能草菅人命。」

「他是棄保潛逃的釋囚。」

「他的腸子已外露，傷重，需要輸血，我這裏沒有人血。」

王開朗聞言奔進儲物室，自小冰箱取出兩個塑膠包，「這是萬能O型血。」

逄甲怔住。

他早已料到會有今日這樣意外發生，已作最壞打算。

「他會死。」

「我不相信，我們這種人，命賤膽壯，死不了。」

逄甲打開遮住傷口的襯衫，「你自己看。」

連王開朗都倒退一步。

逄甲戴上手套，把戚子的內臟撥向一邊，緩緩塞進肚皮，止血，查視其他器官可有受損。

傷口打橫，約五六吋長，如孕婦剖腹生產。

逢甲鎮靜地把扯爛大腸部分剪除切走，把口子理整齊，塞回腹腔，待其自然找到位置。

王開朗只聽見儀器碰到盤子叮叮作響。

逢甲開始替戚子縫合。

「戚子，你振作些，聽見我説話否，你為何叫七子，告訴我，你共有七個兄弟姐妹嗎。」

他蠕動一下。

彎腰太久，逢甲已經佝僂，她伸一下腰，替傷者整理點滴。

然後，到冰箱取冰水喝，她蹲在地上，不願動彈，並且嘆息。

她與這名助手認識也有一段日子，沒想到他是大膽匿藏在亮處的逃犯。

她走近手術室，發覺王開朗大力掌摑助手。

「幹什麼，怕他不死？」

「他死不了，你知他為何遭人開膛？他在人家的夜總會與人家爭女！死有餘辜！這下子死不了，還連累手足。」

爭風喝醋，真想不到。

王開朗找藥水拖地。

「不用你做。」

「應該我做，他如活下來我會叫他謝恩賠罪。」

「我這張行醫執照，遲早——」

上一次，也是這樣，情況更加凶險。

逢甲已不想多講，周瑜打黃蓋，你情我願。

她說：「欠債還錢，戚子若救得回來，你負責送細丁留學。」

「一言為定。」鬆一口氣。

總算捱到她願開價，即終於認同是自己人，王開朗忽覺自身用心良苦，對一個女子如此委屈！他鼻子都紅。

逢甲想：誰叫你這女子虛榮，希望家人過更好日子，只得鋌而走險。

她說：「我已洗濕頭，豁出去，你以後送朋友給我醫治，凡是可以站着走出，即在欠債中扣除費用。」

「我不覺你欠我什麼。」

逢甲說一句老好俗語：「你我牙齒當金使。」

好端端一個女子被他拖落水，王開朗深有愧意。

但對兄弟來說，是件大好事。

漸漸，連傷風鼻塞，情緒受困，都與家人找逢醫生。

逢甲啼笑皆非。

為什麼擠到她診所？

皆因不必登記及亮出身份證明。

他們都是通緝犯嗎，未必，只是嫌麻煩，一旦記錄登上電腦，永不磨滅。

每次她一見病人便說：「我是獸醫。」

病人回答：「知道。」

他們往往帶寵物同來，作為掩飾。

至於戚子，足足在診所躺了五天，每日逢醫生親自診視，換紗布看傷口。

逢甲怕他傷口發炎，小心洗滌。

把小瓶子給他看，「剪下腸子。」

他還說笑，「洗乾淨可以鹵來吃。」

王開朗怒道：「把你整個人燉熟分給兄弟。」

這種笑話叫人作嘔。

逢甲泥足深陷，精神反而放鬆。

戚子痊癒，臉色蒼白，體力不及從前，但仍然跟着他的朗哥，換了超級新跑車，更加招搖，半夜沒事也在公路兜幾圈，轟轟踩油，死氣管發出啪啪爆炸聲，據說，與槍聲最相似。

逢甲猜想，那次受重傷，非因爭風喝醋，他是受仇家追擊。

但是她不去拆穿他們。

內心卻惻然，如此好勇鬥狠，遲早出事。

助手從此對逢甲額外細心。

一日，與逢甲說話，聲音壓低，如有機密：「請問醫生，那位陳貫先生，可是你老朋友。」

「這話怎麼說？」

「陳先生，每日陪細丁上學放學。」

逢甲一怔，「你怎麼知道？」

他但笑不語。

「家與學校只需步行十分鐘，何用人送。」

「就是呀。」

逢甲已覺不妥。

「逢醫生，我承認多事，懇請原諒，那位陳先生，年紀彷彿大過細丁十年八載，你說可是。」

「戚子，你再多事，掌摑。」

「是，是。」

那日提早下班，在學校門口等細丁。

果然，看到陳貫在不遠之處站崗。

逢甲走近。

陳貫冷不防，面孔漲紅。

逢甲皺上眉，「真是防不勝防。」

他到底是正經人，自知理虧，說不出話。

「細丁明年才十六歲，正要送她往外國與逢乙一起讀書。」

陳貫忿然說：「你有問過細丁意願？」

逢甲氣結，她低估這傻子，「她不願去？」

「正是。」

「不會是因為你的緣故嗎？」

「正是。」

逢甲怒極，舉手想掌摑這個厚顏男子，手臂顫抖，終於放下。

這時，細丁放學出來，走近，看到逢甲，知道不妙，「阿姐。」

逢甲猛地轉身，把背囊兜頭兜腦朝細丁甩過去，擊打到細丁頭上，她退後三步，不出聲。

逢甲忽然流淚。

自小帶在身邊，孩子養孩子，洗澡餵食，半夜起來看視，頭髮指甲親手剪短，醫治聲帶，努力供書教學，欠下錢債人情，沒有一次不是為着她，還沒長大成年，這樣大的事，竟瞞騙着她，怕她害她？聯同外人一起作祟。

她一手抓住細丁不放，「回家，走！」

那陳貫走近，「小甲，我與細丁從小一起長大。」

「不！」逢甲咬牙切齒，「你與我從小一起長大！」

她把細丁拖上車，細丁掙扎，逢甲再給她一記耳光。

司機吃驚，連忙悄悄找王開朗。

「開車！」

細丁蜷縮車後，動也不敢動。

她已被逢甲打出鼻血。

回到家，王開朗已站門外。

逢甲紅着眼，咬牙切齒，「滾開。」

王開朗走近，用力把逢甲雙手反剪，打上塑膠手銬，對細丁說：「回房，別出來。」

輪到逢甲掙扎，王開朗拖她進屋，把她頭按在洗手盆內，用冷水猛沖。

逢甲喘不過氣，吞幾口冷水，萬念俱灰，放聲大哭。

王開朗從沒見過她如此，用大毛巾裹着，「噓，噓，有什麼事，一起解決。」

「逢細丁，出來！」

細丁緩緩走出，毫無懼色。

「説！」

王開朗看清楚細丁，長那麼高了，亭亭玉立，姿態曼妙，臉頰兩邊捱打紅腫，説不出可憐，「阿姐，原諒我。」

王開朗問：「什麼事？」

細丁清晰回答：「我不想讀書，我要結婚。」

這下子，連王開朗都呆住。

逢甲不住點頭，「好，好。」

王開朗失聲，「同誰結婚？」

「陳貫。」

王開朗睜大眼，「什麼時候發生的事？」

「我自小喜歡他，他保護我，他教我功課，他與我一樣笨，都為功課掙扎。」

「你說什麼，你大姐與小乙替你補習，他們不遺餘力保護你。」

細丁不出聲。

有人敲門。

王開朗放陳貫進門。

「我控告你誘惑未成年少女。」

陳貫過去擋在細丁面前，「我控告你們非法行醫。」

逢甲臉色煞白，不住點頭，「連同外人與我作對，是我錯失，養虎為患，引狼入室，走，走，走到越遠越好，生死不再見面。」

王開朗揪住陳貫襯衣，「我把你斬一截截丟坑渠餵狗。」

「我不怕！我早知你非尋常人物。」

逢甲說：「放他們走。」

「姐——」

逢甲瞪着細丁與陳貫。

少女聲音清亮像黃鶯，這樣說：「姐姐，自幼是孤兒的我渴望被愛，與陳貫組織家庭，做自己的主人。」

逢甲發獃。

陳貫低聲說：「我知道細丁年紀還小，可是，若干年後，細丁要是願意，仍可回到學校，請相信我會愛護細丁到老。」

逢甲發覺手足顫抖且發軟。

她想問少女：「我不愛護你事無鉅細為你擋槍彈嗎？」

但是，她從來沒有希冀回報，故此也不打算質問。

她長長吁出一口氣，假如看得見，那口氣彷如一縷白絲，緩緩消失空氣中，那是她對人心最後的信念，從此滅絕。

細丁對她，竟連一絲尊重也無。

王開朗沉聲：「細丁，你為什麼不事先與姐姐商議這件大事？」

「因為我一早知道會有如此反應。」

逢甲揮揮手，「你可以走了。」

「姐，家門是否仍然還為我開着。」

逢甲這樣回答：「沒有家，何來家門。」

陳貫握緊細丁的手，「我們走吧，我一定照顧細丁。」

細丁還想收拾一下。

「細丁，你一向穿不好吃不好，不必留戀。」

陳貫拖着細丁便走，重重關上門。

逢家成為仇家。

王開朗氣極，「交給我，今天晚上就叫他剁成五塊。」

逢甲說：「我累了，要休息，你請回吧。」

「我不走。」

他躺到沙發上，用毯子遮住頭，佯睡。

聽到逢甲來回走動，不知收拾什麼，她沒有嗟嘆，也沒有哭泣，彷彿，又恢復剛健。

王開朗在毯子下輕輕説：「孩子們大了，總會離巢，我信陳貫會負責，他們不過倔一點。」

掀開毯子一角，看到兩隻黑色大垃圾袋，裏邊裝的一定是細丁的雜物。

「不致於如此決絕。」

逢甲輕輕坐下，彷彿並不生氣，「對不起叫你看到如此戲劇化一幕，太失態了。」

「你我都沒想到陳貫會有此絕招。」

「我累了，想休息。」

「我做些東西給你吃。」

「不必勞駕。」

王開朗已走進廚房。

他會做什麼，煎兩隻蛋，已經弄得一天一地。

「將就些，吃奄列。」

逢甲看到汪在油裏的煎蛋，忍不住嘔吐。

王開朗連忙幫着收拾。

沒想到，當晚逢甲便發起高燒，渾身火燙，手心如融蠟般。

王開朗團團轉。

助手忠告：「要送院急救。」

王開朗只得陪入院。

醫生一見病人臉色紅緋不同尋常，立即做詳細檢查。

看護取出報告出來，「是肺結核，已第二期，為何這麼久沒察覺？這個高度傳染症候在現代社會幾乎消失，快知會家人接受檢查，病人需速辦手續留醫。」

王開朗反而放下心，這個病因有特效藥，不難根治。

他做一個決定，叫逢乙回來。

逢乙說：「立刻。」

這小子樂不思蜀，出去後還沒有回來過，聽見阿姐有病，連忙趕回。

他請人到家裏消毒。

最叫王開朗看不慣的是，逢乙身邊也跟着一個人，那年輕女子像撒隆巴斯似黏貼在他身邊，他往東，她也東，他同家人說話，她豎着耳朵，來不及發表意見。

連王開朗也不耐煩。

她說：「原來姐姐那麼漂亮，與朗哥幾時結婚。」

王開朗把小乙招到一邊，「為什麼不回家看看。」

「走不開，對不起。」

「沒有姐姐，你沒有今天。」

「知道。」

「可有告訴女友你到逢家時肚內全是蛔蟲，晚上爬出蹓躂，由姐姐一一清除，不敢告訴女士，怕她驚嚇。」

「姐連這個都告訴你。」

「不，不是她說的，是你親口告訴我，你都忘記。」

小乙垂頭。

這時，小乙的女友又走近，「我想喝咖啡。」

小乙連忙掏零錢給她。

世上原來有這麼多不帶錢上街的女子。

逢甲氣虛，也不想說話。

這時看護進病房，「人太多，嘈雜，病人極需要休養，你們請離開。」

走剩王開朗，看護安排他檢驗。

第二早，探訪逢甲，小乙比他還早到。

只聽到他對姐姐說：「……女方打算行中式婚禮，即費用由男家支付，希望得到五十席禮金。」

所以有人至今看不起女性。

王開朗咳嗽一聲。

小乙轉頭，「朗哥來得真好。」

逢甲不出聲，眼睛似失卻神采。

王開朗走近，打開帶來雞湯，逢甲搖搖頭，小乙聞見香，「我喝」，女友自衛生間走出，「你也喝一口，還沒吃早餐呢。」

王開朗扶逢甲半坐。

「姐，我們還欠房子，愛茉莉喜歡住獨立平房。」

王開朗忍不住說：「且讓姐姐休息。」

「這是急事。」

「出來。」

她女友也跟着貼住走。

「多少。」

王開朗掏出支票本子。

那女子開口說一個數目。

不算多，也不算少。

小乙把筆遞給王開朗，「抬頭寫愛茉莉。」

王開朗不去睬他，寫了逢乙。

小乙連忙安慰女友，「一樣，一樣。」

那女友把支票收好，也不道謝，那當然，都是應該的嘛，她表示還有事，與逢乙先走一步。「朗哥，多謝你幫忙。」

王開朗關心的是逢甲。

這時助手戚子也帶來食物。

「逢醫生這裏還有你喜歡的覆盆子果醬。」

用小匙羹勺着給逢甲。

王開朗從未見過有人這樣空口吃果醬。

逢甲輕輕說：「甜頭。」

王開朗想笑。

「他們走了？」

銀行有電話找王開朗核實支票數目。

「你可以還價。」

王答：「差無幾。」

「那女子漫天開價。」

「人人希望吃好些住好些，爭取也屬應該。」

「怎麼算到你頭上。」

「因為逢甲你遲早會還我。」

逢甲失笑，「我想回家。」

助手連忙去辦手續。

醫生說：「記住，特效藥要吃上整年。」

逢甲嘴裏有果醬，只得唔唔作聲。

腳軟軟，背佝僂，一兩便成秋，一病老十年，逢甲如此取笑自身。

支票兑現，逢乙一對又現身。

「姐會來喝喜酒？」

逢甲不回答。

那愛茉莉打量一下逢甲公寓，「地方那麼小，」又說：「人家的地毯不是如此鋪。」還說，「所有金器上打印九九九，才算及格。」

王開朗問：「你們還不回去？」

「下午的飛機，對，我見過細丁，陳貫對她很好，中學試考得不錯，五科及格，隨時可升學。」

「怎麼不來探病。」

「她來過，姐叫她走，她不明白，為什麼姐如此生氣，姐對我倆婚事毫無歡意，是不捨得嗎？」

「她精神欠佳。」

「何故鬱悶，姐一直有你在身邊，還要怎樣。」

「你好好過日子，不要讓她失望。」

「我的清潔公司有利鈿，足夠生活。」

「學士位考到無？」

「今年一定到手，真奇怪，朗哥你也無文憑，為何重視學歷。」

王開朗不出聲，那是逢甲意思。

他輕輕說：「弟妹已成婚，你責任已完畢。」

逢甲聲音空洞，「我想念女士，她持家有方，從不高聲說話，我望塵莫及。」

王開朗笑，「那是因為她從不落手落腳做細節，你才是當家女。」

一次，細丁熟睡自床上跌下，女士渾然不覺，在書房聽音樂，小乙看電

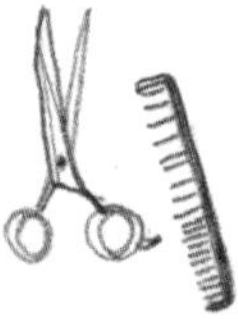

視球賽，要待逢甲替學生補習回來才發覺。

逢甲沮喪說：「那是我一生中最好的日子，想起都想哭。」

「怎麼會，」王開朗聲音溫和，「那時你還不知有我這個人。」他名如其人。

病後，逢甲開始脫頭髮，像鬼故事中幽靈，一梳頭，整綹那樣掉下，非得天天吸塵，否則，頭髮打橫落地，添一層打直，像一層毯子。

逢甲明白了，到理髮店剪一個平頭，驟眼看，似前衛歌星。

髮型師說：「我替你染一束金紅色。」

逢甲連忙搖手。

助手駕跑車來接她，髮型師更加肯定她是一位未來紅星。

戚子看到很難過，不知她什麼時候才能完全康復，飄逸清麗美少女，臉龐瘦得凹下，腰也挺不直，像癮君子。

「我陪你做健身。」

「我快回診所。」

「每日傍晚抽半小時，是朗哥自家健身室，我做你私人教練。」

「可有女性教練。」

「有，我請艾瑪教你。」

艾瑪，驟眼看，像珏秀，真不明白怎麼會有人擁有那麼漂亮身段，該大地方大，該細地方細，圓美臀圍，叫逢甲在心中讚美。

艾瑪見到逢甲，一怔，她早聽過老闆身邊有個女子叫逢小姐，以為她像大塊鑽石般晶亮，叫人不能直視，她沉脬落膊馬步紮定才抬頭笑着招呼，啊，呆住，開玩笑，這女子又黃又乾又瘦，像第三世界飢餓病童。

「逢小姐？」

「不客氣艾師傅。」

果真是她。

艾瑪堆滿笑容，當她如老人家看待，只教她做些上下踏樓梯動作，五分鐘後，逢小姐喘息，「膝蓋無力。」

艾瑪的警惕之心完全消除，替她穿上護膝護踭，「拿着一磅啞鈴上下移動，同時踏個梯級，做二十下足夠。」

逢甲羨慕，「別人可以踩腳車。」

「且慢，兩星期後再說。」

進出男女，臉上都有一股剽悍之氣，他們做什麼行業是看得出的。

王開朗知道，大聲問戚子：「你帶她往何處。」

戚子不好回嘴。

王開朗敲他後腦，「你越來越放肆，健身室人等複雜——」

「也不能孤立她，她情緒抑鬱。」

「我會教她。」

「那也還不是把她關起。」

王開朗氣結，「你是她家長。」

「逢醫生一直把我當朋友。」
「她在診所管病狗也叫朋友。」
「至少我也是朋友之一。」
「你，誰教她。」
「艾瑪。」
戚子後腦又吃一記。
運動對每個人都有益。
艾瑪教柔軟體操，從不勉強，短期只覺毫無進展，可是漸漸有效，可以像從前那樣一口氣跑樓梯到二樓。
艾瑪讓她喝一種營養奶，濃稠像融了的冰淇淋，味道不錯，她體重略增，頭髮慢慢長出。
她同王開朗說：「我還以為生癌。」
「今日的醫生不會瞞住病人，只會叫他們即刻開始治療。」

逢甲頹然，上世紀文藝小說中那種美麗病女由始到終不知自己有什麼病最後衰弱倒在愛侶懷裏瞑目的情況已不存在。

複診，醫生說：「進度良好。」

「奇怪，一直沒有咳不停，也不吐血，只是易倦。」

「幸虧年輕，會得痊癒，不過肺部結痂，移民恐怕有困難。」

王開朗問：「可算殘疾。」

醫生十分豁達，「人生在世，活過三十歲，誰身上心中沒有三兩個瘡疤傷痕。」

說得好。

逢甲繼續服藥，副作用是每日傍晚發汗，需要早睡。

細丁數次來訪，被逢甲拒絕見面。

她同王開朗說：「我將隨陳貫赴英，讓我見姐姐。」

「祝你幸福。」

「你們不原諒我。」

「我像有生氣的樣子嗎。」

「你們卻寵愛小乙。」

「小乙一早已經離開。」

「他也結婚，你送大禮。」

「你要什麼，儘管開口。」

「讓我見阿姐。」

「過些日子再說，她身體不好，說句話也滿面通紅。」

「可是她每日回診所。」

「動物與她相處安詳。」

細丁忽然遷怒，「都是你，自從你介入我們姐妹，阿姐就與我計較。」

王開朗絲毫不在意，「那當然，全因別人的錯。」

細丁不得要領，示意陳貫開口。

陳貫不知如何開口。

王開朗說：「都以為你是老實人。」

「我……」

「好好對細丁，她對家庭生活無限憧憬，你要小心。」

陳貫已開始覺得將會是個重擔。

「你若愛她，不會覺得辛苦。」

「你也是，朗哥。」

他？啊，他這才想到自己這幾年百般遷就，苦中作樂，也未必有什麼結果，不禁哈哈苦笑。

「你對逢甲，堪稱偉大。」

「朋友，大家是朋友。」

送走他倆，他對逢甲說：「你也太固執，不就是來徵求你同意結個婚嗎，不一會就離婚。」

逢甲看向遠處。
「我將出差到北海道，約一個星期左右，診所交給你。」
「非要你親自出馬嗎？」
「這一次是。」
「戚子跟着你。」
「他留下照顧你，我另外帶人走。」
逢甲很快知道他帶的是誰，健身院說艾小姐告假往日本。
這一兩日，有人帶寵物診症，形態可疑，他們沒把貓狗抱緊，也不問診金若干，事不關己，卻注意診所間隔，幾次想開啟鎖着的儲物室門，「啊，誤會是衛生間。」
診所外有司機在車上等候，開着音響，播一首十分動聽老歌新唱，清脆的年輕女生唱：「給我一個吻，飛吻也可以——」舊詞是「可以不可以」，然後，音樂一轉，化為快板，申訴不久，又試探地問：「給我一個吻，可以不可以——」

逢甲緩緩經過，聽得怔住。

逢甲知道這首歌，女士時時靜靜的聽，英語原版是「七個寂寞日子」：七個寂寞夜晚，變成一個寂寞星期，每夜我為你哀哭，嗚嗚嗚嗚。開頭她聽不明白，唱什麼？後來學會英語，才知道那纏綿之意。

一首流行曲子罷了，但在沒有人多話的寂寥大屋，一位高雅女士，不停播放俗麗相思曲子，感覺特別淒涼，後來，不知隔多久，唱片被丟棄。

沒想到，此刻又聽見。

戚子跟出，「逢醫生，想吃什麼，我去辦。」

「王先生去了好似不止一星期。」

「才四天，逢醫生。」

「有消息否？」

「他在札幌滑雪。」

「是，他帶着運動高手。」
戚子微笑。
「去，去買一打蛋糕。」
「那日，我對售貨員說『一打』，他沒聽懂，他們只知十二件。」
「對，你有文化。」
那輛車子關掉收音機。
逢甲早已把診所內有關文件叫人帶走。
半夜，診所門被人撬開，警鐘大響。
逢甲與戚子商議過，決定暫時歇業。
「王先生知道否？」
戚子答：「已傳訊給他。」
對他們來說，不算大事。
此刻，逢甲也已成為他們一分子。

傍晚，雨霏霏，無事。

逢甲自冰箱取出一隻大饅頭，也不蒸熱，就捧手中咬一口，總得吃些什麼填飽肚子，否則，頭痛腿軟，連舊時傷口都會隱隱作痛。

她一直喜歡這種大饅頭，當年在孤兒院吃它，特別有滿足感，到了逢家，開始講究，夾肉片吃，更加美味。

她在窗前看雨。

就在這時，急促門鈴響起。

門外聲音說：「我是戚子，有急事找逢醫生。」

逢甲連忙打開門。

戚子身後還有一個人，那是艾瑪。

兩人一進門便說：「王先生失蹤。」

逢甲聽到，一時還不明白，怔住。

「王先生連人帶飛機失蹤。」

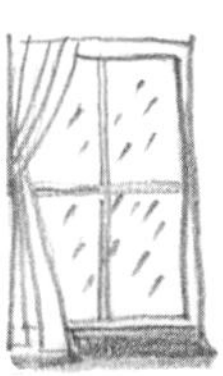

兩人氣急敗壞，非比尋常，逢甲這才領悟，他倆失卻王開朗蹤跡。

她不由得喝問：「你們幹的是哪一門！」

兩人答不上，團團轉。

逢甲斟出三杯拔蘭地，「喝下，說明白。」

「王先生乘小型飛機自札幌回東京與我們會合返回，誰知民航局說飛機根本沒有降落，在雷達上失去蹤影，正在追查。」

戚子額上滴下豆大汗水。

「然後，艾瑪收到訊息，叫她不必報警，王先生在他們手上。」

「他們是誰。」

「一組人。」

「什麼人。」

「與王先生爭地盤的一組烏克蘭人。」

「什麼地盤。」

「東京黃金買主，王先生以烏克蘭人價錢80%出售。」

逢甲用雙手捧住頭，「我只是個獸醫，你們找我有什麼用。」

「王先生是你愛人。」

「他並非我愛人，即便是，我對他生意一竅不通。」

「他在東洋與烏克蘭人爭地盤遭人禁錮，生死未卜，即使是朋友，你也得想想辦法。」

「艾瑪，你為何撇下他？」

「我回本市要報警，我想不出還有什麼其他。」

「黃金可在飛機上。」

「正是。」

「他帶着一千二百多公斤黃金。」

「是。」

「你們在警方可有熟人？」

「可靠的熟人説知會國際刑警行動緩慢，飛機可能已飛往奧德賽。」

「他們可有談及釋放王開朗條件。」

「從此放棄日本市場。」

逢甲思維忽然清晰，「有幾成把握王開朗可以安然回家。」

「這一行的人承諾過的諾言多數實現，否則，信譽全失。」

「那麼，王開朗大可收手。」

「他們要見的人是你。」

「我？」

「是，奧德賽首腦是日裔，他説：『叫清子出來見面』，逢醫生，你有日本名字叫清子？他們怎麼會認識你？」

逢甲臉色完全變成紫灰，她喘息。

艾瑪與戚子都是聰明人，他們在電光石火間明白：「逢醫生，你認識他們！」

「那日裔叫什麼名字？」

「我們不知道，他們叫他大君。」

「見到我，便可放王開朗。」

「這是新到片段。」

電話視像中，王開朗一臉血，鼻子被打歪，大聲叫道：「逢甲，救我！」

視像中斷。

艾瑪聲音顫抖，「逢小姐，他們的目的不止黃金可是，逢小姐，他們要見的是你。」

戚子說：「王先生只算小買賣，九牛一毛，不必勞師動眾，逢醫生，顯然，你與王先生都明白這次意外是為着什麼。」

逢甲掩着胸口，「請送我到醫院，我需要氧氣，這是主診醫生電話。」

艾瑪抓緊她手，「逢小姐，你可願意救他，說，即刻表態，不要浪費時間，我需把握時間救人，回覆對方。」

逢甲沉聲答：「我會出面。」

「逢醫生，你到底是誰?!」

到達醫院，醫生已在等她，連忙接上氧氣幫助呼吸，逢甲忽然咯血。

逢甲平靜無言。

醫生說：「氣管受刺激不安，無大礙。」

艾瑪流淚，「都是我苦苦相逼病人。」

逢甲問：「現在，什麼人同王開朗一起。」

「他已落單。」

醫生提高聲音，「逢小姐你此刻不宜談任何複雜事宜。」

逢甲說：「只有一個辦法。」

「逢小姐，請說下去。」

「同那日本人說：『必須放王開朗，不能再流一滴血。』」

「在何處談話。」

「選銀行區一家酒店咖啡廳，下班時分，人越多越好，我單獨坐，你倆坐我身後，他們坐對面，你倆，不可驚動警方。」

戚子怔住，「逢醫生，你說話口角像我們頭子。」

逢甲又微笑，「有嗎，狗急跳牆。」

「清子，是什麼人？」

「說來話長，醫生，我要出院。」

「我給你準備氧氣盒子，會有不便。」

「這世界不是為我們方便而設可是。」

醫生無奈，只得放人。

逢甲讓艾瑪替她找一套質地縫工上佳的白細麻男式唐裝衫褲，「不可失禮外人」，還有，梳頭，化淡妝。

艾瑪叫來女職員為逢甲服務。

「逢醫生，可要叫小乙回來。」

「不可驚動他們，事後，也不可向他們提起，倘若王先生放出，也不必告知細節。」

「我們馬上去辦事。」

「日本人再聯絡你的話，再求與尾田一郎直接交涉，語氣，需十分恭敬，記住，英語音奧達先生。」

戚子實在忍不住，忍不住再問：「逢醫生，你到底是誰？」

逢甲說：「我們不過是蝦兵蟹將，千萬要沉着氣做這場買賣。」

不久，有訊息詢問：「可否轉一個私人場所。」

逢甲搖頭。

「可否見一見清子目前樣貌。」

逢甲又搖頭。

艾瑪通知他們：「奧達先生，三日後即二十號星期四下午四時四十五分香島酒店咖啡室，你的枱子是十二號。」

艾瑪也算夠能幹。

她輕輕告訴戚子：「我雖永遠不能嫁給王先生，但不表示不會為他擋槍彈。」

戚子不知如何，忽然詼諧，「Me too。」

艾瑪大力摑他一拳。

誰知道逢甲聽見，也說：「Me three。」

虧他們還有心情說笑，年輕畢竟有年輕好處。

深夜，對方回覆：「不見不散。」

真是一宗奇特約會。

為表誠意，對方又傳一張王開朗相片。

臉上血液已轉為鐵銹色，他躺在地上，身上有兩張本市十三號出版報紙。

王開朗人已在本市。

他敵人本領比他高上百倍。

這時，逢甲懼色已減至最低，戚子與艾瑪暗暗佩服。

他們心中有許多疑問，但當務之急，是要把王開朗救出，其餘不重要。

戚子買回食物，都是油膩炸香易飽快餐，獨獨給逢醫生一碗皮蛋瘦肉粥。

艾瑪眼紅，「我也吃清淡的。」

逢甲連忙找碗分一半給她，逢甲就是這點好。

戚子說：「我再走一趟。」他也有好處，「大家聚一起別分散。」這更是優點。

「這次不是打仗，力氣再大無用。」

「逢醫生，你打算把黃金地盤交換王先生。」

「看來只得退一步。」

「那批黃金呢。」

「那得還給王先生，他也得吃飯。」

「對方願意嗎？」

「他們要的人，為什麼是你，逢醫生，你又為何知道負責人叫尾田。」

逢甲沉思不語。

艾瑪進廚房淘米煮粥，戚子在一邊沏茶。

「多久沒進廚房？小時候可有幫母親做家務？」

「一百年前的事。」

「我們這種人也做過孩子。」

「可懷念童年。」

「要什麼沒什麼的日子盡快忘記才真。」

「我記得母親有一盒巧克力收得非常嚴緊，也被我找出偷吃，她叫兄長當打手打我。」

「艾瑪今日你也已有名有姓，還記得這些瑣事，真沒出息，我買一百盒送你。」

「你說得對，我應努力將來。」

「逢醫生比你寬容得多。」

「我也開始明白為什麼王先生死心塌地愛她。」

「她人呢，她需要休息。」

逢甲躲房裏向自己排戲，該與敵人說什麼，如何說法，對方若不同意，怎麼轉彎。

三個人無論如何睡不着。

同居三日，越發發覺人類無用，第一，不知未來，二，不懂自過失學習，每早匆忙用衛生間，然後就是吃三餐，不到半日又餓，衣物一堆堆清洗烘乾，垃圾成袋拎出倒掉，勞碌之極，卻什麼也沒做。

三人開始心浮焦慮，怕吵架，互相躲避碰頭。

終於，那重要一天來到。

逢甲說：「放下所有武器。」

一大堆鐵指環、短棍、匕首，落在地上。

「槍。」

艾瑪老不願把一把史密威信擱桌上。

「怎麼保護自己？」

「尾田要的不是人命。」

逢甲換上白色麻質唐裝衫褲。

隨從不敢說，她像是要去一個喪禮。

「你，艾瑪，換上好看一點裙子，坐我身後，戚子，在大門口等。」

「什麼？」

「這次不是打架。」

「我不同意。」

「太遲，已是出發時間，走。」

艾瑪替逢甲提着氧氣盒。

一路上沒人説話。

全身精力專注到一件事上，已不知冷暖飽餓，以及其他的事。

逢甲與艾瑪機械化走入酒店大堂咖啡店，正是下班時分，人來人往，都市各色人等花枝招展到此進行交易，誰也不為一杯茶一塊糕。

她們找到十二號枱子，發覺對座還空着。

「還未到。」

逢甲説：「不，已經到了。」

人聲嘈雜，還有樂隊添亂，根本不是談判好地方，但，逢甲知道，她也不是來説話。

放好氧氣箱，逢甲深呼一下，與艾瑪坐好。

「要你們等，不好意思。」

有人自右邊走出，向她們招呼，緩緩坐對面，只得他一個人，中年，相貌清癯端正，舉止斯文，穿西服。

這便是尾田，他一個人也沒帶身邊。

看到逢甲的氧氣設備，他露出惻然神色，「清子，要小心注意身體。」

逢甲想說話，忽然嗆咳，用手帕掩嘴，吐出鮮血。

尾田為之動容。

逢甲忽然心灰，該剎那決定不依本子辦事。

她臉色轉白，化妝浮在皮膚上，像面具，似瓷玩偶。

尾田上身傾前。

艾瑪警惕，也挪動肩膀。

他說：「清子，你脾氣同從前一模一樣。」

大堂何等嘈雜、鬧哄哄似一個墟，但是，他們二人低聲說話，彼此卻聽得真。

「王開朗呢，把他交出。」

「你對他的深情，叫我妒忌。」

「他可以把烏克蘭人地盤還你。」

「清子，是我對不起你。」

「手上黃金，請歸還他。」

「清子，我也對不起你母親。」

「尾田先生，你口中那對母女，早已不在人世，不必再提。」

「都可以答應你。」

這時，他們座位邊有兩個艷妝中年太太互相擁抱，尖着聲音互賀：「好嗎，劍橋生活如何，兩個女兒習慣沒有，你倒是先逃回來了」，「哈哈哈，都瞞不過你」……

但逢甲與尾田絲毫不受噪音影響。

逢甲問：「你要什麼交換，請說。」

「清子，我上天入地尋覓你，真沒想到你在某孤兒院生活，你母親呢？」

「你要什麼交換？」

「清子，當日你已懷孕，那嬰兒何在。」

聽到這裏，艾瑪已渾忘身置何處，耳邊嗡嗡響，但他們二人低語卻像尖錐一般鑽入耳膜。

「沒活下來。」

「我不難尋訪得到。」

「隨你。」

「既然如此，那我只好拿你交換王開朗。」

「放他出來，我跟你走。」

逢甲又嗆咳，這次，鼻孔出血。

艾瑪站起。

逢甲低喝：「坐下。」

「清子，叫我難受的是，你竟同這樣一個小腳色在一起，三言兩語，就把你所在全數招供。」

逢甲慘澹回答：「一個人，無法估計他的機遇。」

「你原本不必如此吃苦。」

「比起煉獄，那還真不算什麼。」

「你同你母親一般牙尖嘴利，不知感恩，你確實長大了。」

「叫王開朗走出來！」

逢甲毫無懼意。

就在此時，有人一步步走近。

艾瑪不顧一切再次站起，「王先生！」

王開朗身後有人，他憔悴委靡不語，有人端張椅子給他坐。

看樣子這茶座一半，要不是全部客人，都是尾田手下。

尾田站立，他好像比任何人都倦，「清子，我們走吧。」

逢甲走近，握住王開朗的手。

「好好生活。」她說。

隨後，她頭也不回，跟着尾田離去。

這時，戚子按捺不住大步踏近，被幾個遊客擋住。

一下子，逢甲已與尾田走出門口，艾瑪追去，他們已經不知所終。

尾田說得對，王開朗這一組，不過是小腳色。

王開朗一聲不響，與他手下走出酒店，無人結賬，也沒侍應追上。

他垂頭不語，一直那樣，連續好幾天。

隔些時，有人送沉重木箱到他住所，廿餘箱，力伕將它們排列整齊，叫戚子簽收，離去。

那夜，戚子問：「王先生，可能報仇。」

連他自己都覺荒謬。

不料王開朗卻平靜回答：「沒仇報，實力差太遠。」

「那麼，怎樣救逢醫生出來。」

王開朗喝一大口威士忌，不語。

戚子說：「一定要把逢醫生救出。」

艾瑪打他一拳，「你有完沒完。」

「戚子，我們解散，箱子裏黃金，你們拿得動多少就多少，艾瑪，想大家也必厭倦這種生活。」

「王先生，我跟着你。」

王開朗攤手，「你知我不愛你，兩人在一起沒意思，我已蒙羞，再也不方便露面，你速速遁避，像珏秀般，找一戶平常人家過活。」

王開朗披上外套，「多謝你們這幫好兄弟，我不配你們。」

手下在屋裏踏步、喝酒、嘆氣、搔頭，終於說：「誰要健身室」，艾瑪舉手，「獸醫診所」，戚子答：「我們仍經營本行，王先生若要找，知道我們在什麼地方」。

「散會。」

小乙與細丁在某些時候，也會想起阿姐與朗哥二人遍尋不獲，有點惶恐。

小乙追到戚子身上。

戚子做一個異常詫異的表情，「你們還不知道？由此可知，逢醫生是真正生氣，尚未消解。」

「我阿姐人呢？」

「逢醫生與王先生決定提早退休私奔結婚，這早晚恐怕已在太平洋最美麗的島嶼上蜜月。」

「為什麼不告訴我們？」

「噫，你們兄妹倆結婚，又可有知會逢醫生？」

小乙慚愧，「我們掛念阿姐。」

「成年了，好好生活便是報答社會與親人，要知道是與非界線在什麼地方。」

「明白。」

「婚姻生活如何。」

「一生飄泊孤兒有自己的溫馨的家，十分珍惜。」

「細丁呢。」

「陳貫對她如珠如寶，教授與夫人也十分愛惜，她已懷着男胎。」

「你們行運發達，不可露帛，好好享用，低調舒服過活，那就是一生。」

「戚大哥説話如哲學家。」

「見笑，我連小學文憑也無。」

「有阿姐消息請聯絡我們。」

戚子無限欷歔，希望逢醫生帶大的兩個孩子得到好結局。

在一幢沿石級上的小磚屋花園內，逢甲靜坐曬太陽。

醫生囑咐她吸收陽光，有益健康，她就坐在角落，每日下午，直至太陽下山，皮膚曬成淺棕色。

經過醫生悉心治療調理，她氣色已經好得多，頭髮長得及耳，看上去，比實際年紀小，穿白色衣褲，神情肅然。

她並沒有受到禁錮，她知道自己在美國加州橙縣，她安心養病。

尾田與她住同一間屋子，兩人每日一起吃晚餐。

他只希望她可以陪他說幾句話。

「姓逢？」他說：「真稀罕，我竟不知華人有此姓氏。」

逢甲不言語。

「王開朗遵守諾言，他已在原有版圖上完全消失，那樣，反而幫他添壽，他因禍得福，這小混混辦事完全不依守則，江湖上聲名狼藉，清子，他配不上你。」

逢甲一直不出聲，深知說辯無用。

女侍走過，她說：「給我一客黑莓冰淇淋，放多些奶油。」

「醫生說你年輕，病情可望完全痊癒。」

逢甲抬頭看，藍天白雲，風中已有秋意。

這個地方，除出冬季，不會下雨，整個園子都是可愛橙樹與檸檬樹芬芳。

「但是我，已經病入膏肓，所以，急着要見你，肺與腎都已換過，可是癌細胞已轉入胰臟與大腸，醫生勸我不必繼續受罪。」

逢甲沒有表情。

「告訴我，那孩子在什麼地方。」

逢甲緩緩吃冰淇淋，味道真好。

她伸一個懶腰。

尾田忽然生氣，把銀碗掃到地上，「那也是我的孩子！」

逢甲一聲不響，緩緩走回屋內，拂一拂手臂，像是要把晦氣掃走。

她回房間休息。

年幼孕婦，與早產嬰兒，活得下去嗎，當然不，早已不在人世。

尾田不住追問：「告訴我，是男嬰還是女嬰，我已不久人世，需要承繼人……我已發起手下全球搜尋，那孩子躲不了很久。」

逢甲只當作聽不見。

在孤兒院那麼久，早已學會聽而不聞，再大再響的侮辱聲音，也可以充耳不聞。

「王開朗知道你全部底細，別以為他是什麼不計較的好漢，他把你的秘密一五一十告訴我，但抵死否認知道你有一個孩子，事到如今，你不必再瞞。」

每晚吃飯，都是折磨，逢甲吃得極少。

「你愛那孩子，他是你弟妹，也是你骨肉。」

逢甲嘔吐。

「你恨我，但是，你愛王開朗更多，這件事，是我尾田一郎一生最不明白的事，你身份尊貴，是我唯一承繼人，何需吃苦。」

逢甲嘔吐到出血。

「當年剖腹生產，不幸需切除子宮，清子，說，那孩子在什麼地方。」

生不如死，逢甲不知多少次深切了解到這四個字的意思。

母親帶着她逃出時說：「清子，活下去。」

母親把她丟在孤兒院後門，獨自逃去。

逢甲猜想她沒有存活。

「我是怎麼樣對待這名韓女，錦衣美食，上車一錠金，下轎一錠銀，她背叛我出賣我，我自橫濱酒吧間救她重出生天，她恩將仇報，難道你不同情我？」

逢甲忽然轉過臉，盯着尾田。

斯文清癯的一張臉，偏瘦，頭髮七分白，衣着非常整潔，重病，皮膚鬚髮指甲仍然打理得一絲不苟，怎麼着，都不像一個必定入地獄的人。

逢甲清晰記憶，那夜被丟在後門，忽然陣痛，她拾起一塊磚頭，大力敲門，不久，有人打開門，暗地裏，一時以為她是一隻動物，她抬頭，他們看到血污蒼白小小人面，頓時叫嚷。

醒轉時，已在醫院，她怕打擾人，輕聲說：「請扶我一下，我這就走。」看護忽然流淚，「孩子，你乖乖躺着別動，你會得痊癒。」

接着幾天，她聽到看護壓低聲音：「慘無人道」，「令人髮指」。

再過幾天，警方人員前來問話，不得要領，她不發一言。

她與那貓般大小早產兒由孤兒院接養。

日子一久，警方把案子擱下，由福利署跟進，她抱着先天殘障兒由女士領養。

一手轉一手，她活着，是她頭上也有一爿天。

長大後知道，社會上像她那樣個案，並不罕見，像肉食店砧板上污垢，用刀刨起一層扔下陰溝，不久，又積聚一層，去之不盡。

現在，她又見到苦苦相纏魔鬼。

尾田召回得力助手，每早向她交代組織條文，他們叫她清子小姐。賬目叫她驚訝，收入竟如此龐大，超過她想像千倍，其中，人口利潤最高，因為可以用完再用，清子與她生母，正是他販賣的人口。

她天性聰穎，那班手下身負責任，來龍去脈，關鍵上説得清晰明白，許多秘辛，毫不隱瞞。

照她的領悟，以及掌握消息，跑去告發，那尾田組應徹底崩潰。

尾田似乎不在乎，他已想清楚，要不，他得到承繼人，要不，王朝隨他而去。

地圖攤開，尾田主要站頭幾乎全在政治不穩地區，渾水才可摸魚，那些政府與他也有密切關係。

「清子小姐，我們老派人，不設電腦紀錄，全憑記憶。」

逢甲隨口輕輕背出一連串負責姓名地址，以及他們的任務。

那班手下微笑。

其餘的教條像：「不可跟風，必須創新」，「手快、心辣」、「以物換物、不要叫別人吃虧，不得設計害人……」，這些，世上所有職場都用得上。

她沒有豎起耳朵小心上課，但他們所說，她每個字都記得。

——「你不寂寞嗎，叫那孩子來陪你」，「這環境十分適合你，你終於安頓下來」，「不必想念那些狗一般日子」，「你母親在天之靈會覺得安慰」……

逢甲想，像她這種人，沒有在天之靈，連在地之靈，也沒有。

小屋裏來去最多的是醫生。

當着逢甲的面，出示驗證報告。

「尾田先生與清子小姐的確是父女關係。」

「清子，你聽真了。」

清子雙眼看着遠處。

「我與你的關係，豈是外人可以明白。」

逢甲忽然開口問醫生：「這人，還可以在世上作惡多久？」

醫生怔住，不知如何回答。

倒是尾田，毫不在意，他這樣回答：「已沒有多久。」

醫生惶恐震驚。

「清子，你若對你將承繼的事業毫無留戀，你可以立即走，你的護照與費用全在你房間抽屜中，從這裏到國際飛機場只需四十五分鐘車程，我可派人送你，不過，你是我的女兒，你體內有50%屬於我的因子，你不會放得下唾手可得的這一切，是不是，這就是我千辛萬苦找到你的原因，我肯定你會接着我業務做下去。」

接着，一連好幾天，他躲入房間，不再出現。

只看到醫生看護進出。

他手下當中，有一個叫杉的年輕男子，體態神情略似王開朗，逢甲與他談得比較多。

一日下午，坐陽光下，逢甲忽然問：「請問，對你來說，什麼叫做浪漫。」

他一怔，小心回答：「清子小姐，像我這種人，不懂回答。」

「那麼，你與女朋友一起，最希望怎樣？」

杉兩腮忽然燒紅，「這——」

「可有希望在家坐一起看動畫小飛象。」

杉咳嗽兩聲，恐怕他的要求不止那樣。

逢甲聲音壓得極低，「在早春之雪天，一張披風兩個人遮，瑟縮依偎在清晨的羅浮宮門外等待入場，你可嚮往。」

杉聽罷，完全不知作什麼反應，動也不敢動。

「又或者，在威尼斯嘆息橋上，啊，正如詩篇所說：『我們的罪孽擺在祢面前，度盡的年歲好像一聲嘆息』，忽然下雨，兩人只得撒着急步奔到漏水的露台之上躲避……」
那個叫杉的年輕人忽然哽咽。
清子小姐稍微打開一點心扉，原來她的憧憬與一般少女沒有異樣。
外邊有人叫杉出去一下。
他這一去，就沒有回轉。
他被調職。
於是，逢甲又只得一個人獨坐西斜陽光之下。
她對尾田組事務已相當明晰。
一日下午，有名中年女子敲門，「我是附近官立小學生物課老師，想帶學生到閣下園子採摘一些稀有仙人掌樣板，保證不會喧嘩。」
逢甲高興，「歡迎隨時光臨。」
話才出口，便嚇自己一跳。
這並不是她的家，怎麼可以當家作主般自作主張。

那中年女子歡喜離去。

第二早就帶着一班蘋果臉十歲八歲孩子走入小屋園子。

管家急急問清子小姐許可。

逢甲點頭，「茶點招待。」

真難得看到外人。

她看着一班孩子興高采烈玩了整個上午。

廚師把熱狗站與冰淇淋桌子搬出，招待貴客，還有冷熱飲品助興。

終於，齊齊道謝離去。

逢甲站得腿都發痠。

然而，這一切歡愉，也不過像一聲嘆息。

太陽在山西沉下。

逢甲正吃飯，正喝一口湯，醫生找她。

「打擾。」

「不妨。」

「你去看看尾田先生。」

逢甲特地梳洗更衣。

尾田雙眼渾濁，終於露出病容，伸出爪子似手像要抓住逢甲，她維持距離。

父女瞪視片刻，那種詭異氣氛，叫醫生不自在。

「我找到了她。」

逢甲緊握拳頭。

「她叫細丁，已婚，懷着我的曾孫，哈哈哈，清子，你與你母你女永遠也不能擺脱我。」

「錯。」逢甲鎮定地答：「記憶中沒有你這個人，你就不存在。」

「你——」

他呼吸困難。

「我們不會承認有你這個人存在。」

尾田聽到，戰慄不已。

「今時今日，做這種業務，越來越難，世上有許多更大恐怖勢力，以邪惡之國為首腦領導，手段殘酷千萬倍，動輒作種族滅絕，小巫黑道，需大力調整，不久將來，你那班手下，也不會記得你。」

他伸長雙臂，喉嚨咯咯作聲，像是還想抗辯什麼，大抵是想說，他沒有犯錯，只是逢甲不識抬舉，叫他的威猛受到挫折。

隨即舉着雙手不動，已經沒有氣息。

醫生責備逢甲：「清子小姐，你太不近人情。」

逢甲這樣說：「你不是我，你不會知道殘酷涼薄的是什麼人。」

她站起，走到外間，向靜候的大頭目說：「尾田一郎已清晰指明尾田清子是承繼人？」

他鞠躬答：「是，清子小姐。」

「那麼，請一共七名甲級人員前來開會。」

「明白。」

「先生的禮儀——」

「盡量低調，自後門出去，火化、塵歸大海。」

「清子小姐，先生一早有囑咐——」

「現在，由我當家可是。」

「是，是。」

「清子小姐，管事律師在書房候着。」

她走進書房，看到一張熟悉面孔，是那位對她和善的殷律師。

兩人四目交投，都認出對方。

但是都裝作初次見面的樣子，自我介紹，握手，坐好。

尾田企業是一間龐大的出入口公司，律師交代過往業績。

「一些部門，需要精縮。」

殷律師問：「宜在內部開會後再從長計議。」

逢甲點頭。

逢甲留殷律師喝茶。

殷律師姿勢與語氣都自然，「一位王開朗先生，一年前的十一月曾來找我，交代我與清子小姐說幾句話。」

「殷律師，你不覺我自逢甲變為清子是件奇怪的事？」

「我是名跨國律師，處理民事與刑事案件多年，對我來說，沒有什麼奇怪的事。」

「殷律師，明人眼前不打暗語，我不想做——、——、——生意。」

殷律師沉吟半晌，答案煞是有趣：「那，就沒有什麼好做了。」

逢甲被她惹笑。

「王先生委託我說，他永遠等你。」

這比適才的話更好笑，連殷律師都忍不住，「沒想到一個打手如此深情，其情可憫。」

殷律師對他來龍去脈彷彿有點認識。

「他是被有為青年限額篩除的年輕人。」

「我呢，殷律師。」

「你現在是美麗富有的事業承繼人。」

「謝謝你，但，殷律師，為什麼我看自身，只是一個體無完膚的溝底貨色。」

「清子小姐，你要知道我的故事嗎，這世界，誰過了三十歲不是千瘡百孔，誰完美無瑕嗎，別叫人笑得嘴歪。」

逢甲笑，「請殷律師繼續為敝機構服務。」

足足過了一年。

一日，逢乙回清潔公司視察業務，手下說：「威煌大廈天井發生意外，年輕夫妻倆自廿四樓一齊躍下，肢體破碎，難以清理。」

逢乙輕輕說：「膽子小，我去。」

他往視察，天井附近住客像見到救命玉菩薩，給紅包，要求盡速清理。

打開門進入天井，發覺已有人騎高梯上剪除染血樹枝。

「喂，你是哪裏的人，這是我地盤。」

那人身穿生化衣，戴着面罩，說話不大清楚，「你地盤即是我地盤。」

逢乙氣結，「兄弟——」

「朋友，稍安勿躁。」

脫下面罩。

「阿姐。」逢乙撲上，流淚，「阿姐！」

姐弟相擁。

那逢乙，忍不住大哭。

「怎麼了你。」

「阿姐，你與朗哥去了何處，怎麼整年不見，我與細丁不知多掛念。」

結婚都不告訴阿姐的他忽然良心發現。

「坐下，坐下。」

伙計們笑嘻嘻來繼續工作。

「你們瞞我，你們一早知道阿姐在此。」

逢乙胖得臉都圓滾，可知清潔公司生意實在不錯，日子過得豐愜。

「細丁好嗎？」

「她生下兒子，可愛胖娃，教授與夫人愛不釋手。」給照片看，嬰兒像陳貫有雙小眼睛，並不漂亮，惹得逢甲哈哈笑。

「姐，朗哥呢？」

逢甲隨口答：「我們已經分開。」

「怎麼會！」

「怎麼不會。」

「你倆經歷那麼多，千山萬水，一百個懸崖。」

逢甲微微笑，「終於還是到了盡頭。」

「才一年多。」

「話不投機半句多。」

逢乙沮喪，「誰還敢看好婚姻。」

逢甲揶揄他：「你不同，你見妻如見閻王，她要你肉身，你給她靈魂，必然相安無事。」

「姐，」他摸頭，「你取笑我。」

「小乙，各人有各人緣法，你自己高興便是，我代你慶幸。」

「阿姐回轉真好，多怕你丟下我們，沒人給我們提忠告。」

「你們會聽我的意見？」

小乙笑嘻嘻：「不會，但是，有人提點，總好過點。」

逢甲趨前，輕撫他顏面，她與弟妹成年後極少肢體接觸，這次例外。

「姐，我陪你往丁甲診所看看。」

「生意維持得到嗎。」

「未需蝕本，我們用最新藥品，儀器先進，街坊有口皆碑。」

果然，診所滿滿擠着小動物。

年輕主診男醫生輕輕勸慰主人：「別哭，別哭」，又問「逢醫生有什麼意見。」

逢甲答：「不在其位，沒有意見，」轉頭對小乙說：「清潔工作可以做好一點，中午再拖一次地。」

小乙立刻去吩咐工作人員。

看，世界誰沒有誰不行呢，逢甲她失蹤一年多，兩店照樣運作，不要說是世界了。

「來，阿姐，留下電話地址。」

他已把消息告訴細丁。

細丁只一句話：「姐，我錯了，我們馬上回來與你見面。」

「她不用工作？隨時走得開。」

「細丁嫁得好，天掉下有陳貫頂着，陳某由早上八時至晚上十二時都躭校院辛勤工作，孩子由公婆照顧，她在大學讀純美術。」

這般好消息叫逢甲振作。

小乙隨阿姐到她新居探訪。

是所半連牆洋房，佈置素淨，屋似主人，面對海景，十分舒適。

小乙笑，「不能叫吾妻愛茉莉看到此屋，否則逼着我也要一幢。」

「真好，她不必求主恩，凡事求丈夫即可。」

「阿姐始終不喜歡她。」

「自幼我隨遇而安，和為貴，無所謂喜歡，不喜歡，桌上什麼菜，吃飽安樂，今日，我毋須再忍，對不起我未能愛屋及烏。」

小乙賠笑，「你看朗哥對你多尊重，這住所貴重。」

逢甲緩緩答：「這屋子與他無關。」

「阿姐，你有新朋友？」

「我此刻擁有一間出入口公司。」

「阿姐學做生意？」

「工字不出頭。」

「阿姐真厲害。」

家裏有一中年管家，給小乙斟茶遞點心。

稍後他看看時間，「我要回去報到。」

逢甲問：「打算要孩子嗎。」

「正在努力。」

「得去訂些金飾了。」

「先多謝阿姐。」

這小乙，脱胎換骨，此刻油滑得似個小生意人。

逢甲完全放心。

半夜，電話響個不停，那竟是珏秀。

「終於找到你了，你那蜜月，也太長一點，叫王開朗聽電話。」

「他不在，你有話，與我說也一樣。」

「我的咖啡店，做得有點眉目，卻被波蘭幫威脅遷居。」

「他們有何理據？」

「收購整條街改建公寓房子謀利。」

「你為何拒絕收購？」

「要他們價錢加倍。」

「你做釘子戶嗎？」

「唉，你懂什麼，叫王開朗說話。」

「我與他已經分開，我不知他在何處。」

「！」

「你把咖啡店區域地址給我，我替你擺平。」

「你是誰？」嗤一聲，「就憑你這個獸醫？」

「喂，我知你在氣頭上，但與我說話客氣些。」

「明白了，你另外有撐腰的人。」

「珏秀，你已晉升為老一脫女人？女子，非要有男性撐腰不成。」

「盡快給我答覆。」

逢甲把最近的助手請來說話。

「波蘭幫可以說話嗎？」

「還好，只不過，惹毛了也極辣。」

他給逢甲看一段新聞：「殺手進入坐着一百五十多名客人宴會廳，對牢死者開兩槍，走到門口，又再回轉，補上兩槍，死者是一個著名地產經紀。」

「啊。」

「你叫西岸伙計看看，這宗事情有無可能和平解決。」

「清子小姐我們一向不是魯仲連。」

「沒法子，人總會欠下一些人情。」

「我立即去看。」

「勞駕你。」

「小人惶恐，清子小姐切莫客氣。」

不到一頓飯功夫，消息來了，真是快捷，灶上的黃粱還未煮熟呢。

波蘭人說：「這等小事，怎麼驚動到尾田組，照清子小姐意思辦妥，請問清子小姐還有何吩咐。」

「說聲感謝。」

「明白。」

珏秀視像到了，她裝一個驚愕圓嘴，「你是清子小姐？」

這才發覺她胖許多。

幾乎同上次夢中看到的一樣。

「珏秀，站起看看，你怎麼肥了三十磅。」

「現任男友喜歡胖女。」

「朋友，別忘記你是一個個體。」

她笑嘻嘻。

「讓我瞧瞧該人相貌。」

「不，免得又被你搶去。」懷恨在心。

「珏秀，你要當心，還有，僅此一回，下不為例。」

「我會消失。」

「珏秀，一直想念你。」

「得了。」

稍後細丁獨自回來與阿姐見面。

她伏在逢甲胸口痛哭。

時空忽然模糊，像是回到女士租屋，細丁還不能說話，不開心之際，靠

阿姐身上默默流淚。他們都以為身為孤兒，鹹苦已吃到極限，將來會否極

泰來，不，還有更痛不欲生的事情會得發生，真不知如何把路走下去？

每朝早起，都提心吊膽，今日千萬不要又遇着些什麼畸形怪事。

「細丁，吃些肉粥。」

粥裏有隻流心蛋，是細丁幼時最喜歡的簡樸美食，她拿起碗便喝。

「已做母親，哭哭啼啼，不像樣子。」

「阿姐真是老派人，所有母親也是人，也得活着。」

才嫌珏秀老派，卻被細丁嫌她迂腐。

「為什麼不帶孩子一起。」

「祖父母不願放人。」

「如此溺愛。」

逢甲當然明白，不止是捨不得的原委，是不放心細丁娘家複雜。

「十分頑皮，沒一刻停止，每次出門，他一人行李像逃難那麼多，算了，他們說問候你。」

逢甲點頭。

細丁輕輕說：「朗哥對我們很好。」

逢甲微笑。

「究竟有何分歧呢。」

「讓我數一數：他從不閱讀，他穿衣太時髦，渾身散發一種油滑之氣，當然，還有，女朋友實在太多。」

「可是，他愛你，條件超班，不愛你，有什麼用。」

「你是這樣選擇陳貫？」

細丁不語。

過一會她反過來勸阿姐：「世上一定有比陳貫更好的伴侶，但是可會適合我？阿姐，人察無徒，粵人說，刨得正冇木，眼珠容不下一粒沙的毛病，遲早是要改過。」

細丁幾時變得如此圓通，想必都是陳貫教誨。

逢甲微笑。

她此刻不是沒有表情了，她時常練習這個笑容。

她與手下開會的表情也如此，說話低聲。

自從肺部受傷，喉嚨泣血，她全不能高聲尖聲。

「清子小姐，我們的——場地已為人所佔，我不做自有人做，可惜。」

「那麼，讓伊們做好了。」

手下不敢多話：「是。」心中甚為不平。

「有誰等錢用，說出來。」

「只是眼看着別人發財——」那些地盤，當初千辛萬苦爭回。

「終朝只恨聚無多？」

「是，是。」

這時管家進來說：「門外有女子求見。」

逢甲看一看手下，「有人知道你們在此？」

「絕對不可能。」

逢甲看到門外人，噫，是艾瑪。

「請該位女士到會客室，她喜吃核桃糕，配香檳最好。」

「明白。」

她手下沮喪，「我們沒有如此好待遇。」

管家笑：「我多拿些上來。」

「給他們黑豬牛柳漢堡。」

「毋忘香檳。」

「開會時0%酒精。」

這會議又進行了二十分鐘。

新規矩，新條件，都沒叫他們滿意。

五個助手為免惹人注目，分頭散去。

逢甲見艾瑪。

「清子小姐。」

「老朋友別客氣。」

「你為什麼不早關照，我此刻只與組裏第三層人物交往。」

逢甲微笑。

「因為我也是三流人物可是。」

逢甲說：「這樣安全得多，又足夠生活，你這次找我，有什麼事，照直說吧。」

「瞞不過清子小姐，我要找王開朗。」

「我不知他身在何處。」

「不會吧，請把你不屑的人還給我。」

「艾瑪，不是我的東西，我如何給你。」

「我不能忘記他。」

「他的確不是一個容易忘記的人。」

「聽說他此刻潦倒。」

「聽誰說。」

「第三流的江湖腳色，你不會知道。」

「一千兩百公斤黃金，這麼快用罄。」

「我願意接收他。」

「你憧憬他會與你成為一間健身室的合作夥伴，直至白頭。」

艾瑪辛酸，「我願意嘗試。」

「但，我真的不知他在什麼地方。」

「你眼線那麼廣——」

「一個人不願冒頭，總有他的苦衷。」

「為什麼唾棄他？」

「他出賣我。」

「我不信，他愛你多過愛自身。」

「你不信就算數。」

「清子小姐，你沒必要與我說真話。」

艾瑪忽然踏前一步。

逢甲還不及警惕，門外管家已經站到兩個女子中間：「小姐可是要添茶。」

艾瑪這才緩緩回到椅子。

管家輕輕說：「小姐可是累了，這位客人請回吧。」

艾瑪略為平靜，「多謝清子小姐撥出時間。」

「下次，請先知會我們小姐。」

總算把艾瑪送走。

保鏢跟着出現，細查室內可有留下竊聽器與視像。

管家說：「小姐下次請勿讓外人進內。」

「那是老朋友。」

「不論是誰，只要生活稍微過得去，便會忽然多出一大堆朋友與親戚。」

逢甲微笑，管家均如此，日子稍長，都變得老三老四。

她叫住保鏢，「我想找一個人，覺得他可以勝任隨從一職。」

「清子小姐請講。」

「那人，叫杉。」

他想一想，「啊，知道，杉此刻在土耳其海關工作。」

他是臥底。

「讓他回來吧。」

「當日杉彷彿犯了一點錯誤，才派到那麼遠。」

「他好像是多說了幾句話。」

保鏢立刻噤聲。

管家低聲責備：「就是多嘴。」

她責人，不自責。

杉翌日下午就出現在逢甲面前。

清子小姐當家，把他調回。

他黑瘦不少，看上去，幾乎不像黃種人。

逢甲讓他站着，「有事讓你做。」

「是。」

「請你調查一個人下落，他叫王開朗。」

「明白。」

「朋友，吃點茶點，管家會領你去宿舍。」

清子小姐仍然那個樣子，清麗瘦削，晶瑩雙眼告訴你，她永遠不會快樂，嘴角倔強卻似在說：我不是悲劇人物。

下午，逢甲在書房讀文件，打開長窗，園工在草圃操作，偶然一隻紅胸鳥喳一聲飛過，世界竟那麼靜好，一切紛爭彷彿離她而去。

七號助手進來在她身邊喁喁細語。

總結：「他們想欺侮女性領導不夠狠。」

逢甲輕輕說：「依你說，該怎麼辦。」

「把他們抓起同野狗關在暗室三日三夜，直至求饒。」

逢甲躊躇，「那不是同該些流氓一樣。」

助手失笑。

「不如坐下好好談話。」

助手又說：「清子小姐，書生遇着兵，有理說不清。」

「尾田先生會怎麼做。」

「把他們都買過來。」

「算是好辦法，但是，我方不需要那種劣質素伙計。」

一時並無結論。

助手退出，輕輕嘆口氣，顯然覺得清子小姐不適合做領導。

草圃外站着杉。

「你都聽見了，有什麼好主意。」

他不出聲，顯然已經梳洗更衣，頭髮濡濕，帶清新味道。

他緩緩走進，是有點像王開朗，但他比較鬆弛，可見出差土耳其，並不叫他氣餒。

逢甲說：「聽說土耳其男子跳得最妖冶肚皮舞。」

杉莞爾。

「你還是喜歡豐潤的美女吧。」

杉沒有回答。

「朋友，現在，你喜歡說什麼不必顧忌。」

他開口：「我叫杉，不是朋友。」

逢甲忍不住笑。

「清子小姐要找的人，找到了。」

呵，這麼快。

他有點困惑，「真想不到，他會在露宿者之家，而且，住了有一段日子，面臨逼遷，空床要讓給他人，他在公園流浪累了睡長櫈。」

怎麼會如此快便變成這樣。

「我有影像。」

逢甲細視。

只見長櫈睡着骯髒流浪漢，哪裏還有半絲王開朗模樣，警察低聲吆喝，「起來，天亮了」，他老不願意坐起，警察又說：「戒掉癮頭，找份工作，你還年輕，重頭來過。」

乞丐般的他垂頭不語。

警察認真苦口婆心：「大不了是失業、失戀，你若不振作，誰能幫你。」

他站立走開，赤腳，鞋子在露宿者之家被人偷去。

警察搖頭。

那人走遠，左腿有點跛，啊，他腿部受傷。

逢甲說不出話。

「接着，他約見友人，開口說：『沒有錢……』那熟人丟給他一些鈔票，他走去買煙酒。」

逢甲聲音極低，「他染上什麼不良習慣？」

「看樣子只是潦倒，身邊沒有藥物。」

「有人一直跟着他？」

「一日三更。」

逢甲沉吟，「這，怎麼辦呢。」

「清子小姐可是想不露面幫這人。」

杉還算聰敏。

逢甲點頭。

「有人說，他投資車行，被人騙去資金，追討不遂，還被打斷了腿。」

逢甲怒氣上升，「是什麼兇徒。」

「就是助手七剛才說的那組人。」

逢甲臉色煞白，「抓起，與野狗關一起，三日三夜。」

「是。」

「款項十倍歸王開朗。」

「明白。」

「請他先前貸款朋友幫他找一個地方住下，說是有合作機會。」

杉不解，這是什麼人，叫清子小姐急痛攻心。

約是她的舊歡吧。

「做什麼生意？」

「咖啡店吧。」

「競爭激烈呢，學問極大，不討好。」

「那麼，酒吧，看看有什麼做不住的酒館，頂一間下來。」

「做什麼職位？」

逢甲怔住，真是，王開朗能做什麼。

「給你，杉，選什麼職位？」

「站門口，淨放美女進去吸引男客。」

「行，先替他接妥腿骨，給他一套身份證明文件與駕駛執照。」

「如果他爬不起來呢。」

「假使他就是我要找的人，他會站立。」

杉忽然説：「人們總是同情潦倒不起的人，卻不知他們有他們意向：無牽無掛，毫無責任，吸口煙，飄飄然又一天。」

「他不是不知恥的人。」

「也許，他看到我們為一份收入打躬作揖才是無恥。」

逢甲提高聲音，「叫你做一件半年差使，你那麼多話。」

杉低頭退下。

子。

噫，先前不是她叫他不要怕清心直說嗎，老闆就是老闆，不要欺侮女子。

他出去安排一些事。

那個少數願意救濟失意人的友人說：「我以前得過他的好處，看到他這個情形，真正難受。」

「那麼，此刻可以拉他一把。」

「他也於你有恩？」

「這個不說了，他可有做酒吧經驗？」

「我們這些人，全部都有做酒吧經驗。」

「安樂街那間鴨與鵝如何？」

「人家生意好得很，恐怕不願出讓。」

杉說：「看我的。」

三天後就易主。

「你做經理，他做副經理。」

「你是什麼地方的人？」

杉問非所答：「我此刻是韓籍，這是合約，你看一看。」

「你們是我倆再生父母。」

逢甲聽了過程，胸口不舒服。

逢甲說：「我想親自見他一眼。」

杉答：「那人非常骯髒。」

不會比那日珏秀扶他逃命叫逢甲縫針更加可怕。

逢甲找艾瑪。

杉把王開朗的經歷說一遍。

艾瑪不比逢甲，不能控制，失聲痛哭。

「不，不，不是真的，你們騙我，好叫我死心。」

看到影像，艾瑪退後一步。

影像中王開朗剛抬頭，看得一清二楚，雖然鬍鬚滿腮，憔悴不堪，她還認得出正身。

但艾瑪號啕，「這不是他，這不是他。」

平時也算是個有擔當女子，此刻完全崩潰，不願接受事實。

逢甲生氣，伸手打艾瑪一記耳光。

杉怕兩女相爭，立刻把她們隔開。

艾瑪吃痛，靜下，抹眼淚，怔着，像是奇怪剛才是怎麼一回事，為何失態。

她抹乾眼淚，定一定神，抬頭對逢甲說：「清子小姐，多謝你代我尋人，但，這不是那人，打擾你，不好意思，我還有事，先走一步，後會有期。」

「你——」

杉朝她使一個顏色。

逢甲何等聰敏，到這個時候，完全明白。

她平靜回答：「不客氣，快回去打理健身室。」

「謝謝你，清子小姐。」

艾瑪轉身便走。

杉輕輕看她背影，「晴天的朋友。」

逢甲吁出一口氣。

說白了也是好的，要重新扶起王開朗，談何容易，不必陷自身於不義，艾瑪一下子想明白。

她沒見過王開朗猥瑣醜陋樣子，逢甲見過。

披上外衣，逢甲說：「陪我去看他。」

「你還要去。」

逢甲用食指尖指一指杉的鼻尖，「是，我還要去。」

杉親身駕一輛小小電動車，「那處路窄。」他說。

被清子小姐觸碰過的鼻子忽然紅起。

「告訴我，王為何與人打架。」

杉輕輕說：「這事真是奇怪。」

「別賣關子。」

「是，王先生據說一向豪爽，這次投資合股款項其實只有五十萬，卻因此與對方爭吵，一發不可收拾，他打傷人家兩個伙計，自身也斷了腿骨。」

連逢甲都不明，「起因為何？」

杉說：「聽說，當晚有一個伙計在角落毆打女子，掌摑至面孔出血，推跌在地，還要用腳踢，被王先生看見，忽然大怒，他恐怕是喝多了，大聲喝罵阻止，並叫那打手道歉賠償，大家都不知他管的是哪一門閒賬，人家不肯，他忽然揚言退股，並且說：不與打女人的賤人合夥。」

逢甲沉默。

「這也不算什麼，可是不知怎地，從那晚開始，他開始流浪街頭。」

來。

「他應該還有剩錢。」

「清子小姐，這個都會，花錢會比想像中快。」

「就這樣？」

「就這樣，我們找到他的時候，他身上皮外傷口已長出蛆蟲。」

「可有——」

「此刻都洗清潔。」

車子在一條橫街停下，他倆走進窄巷。

看到霓虹燈光管招牌亮着「鴨與鵝。」

自後門進去，坐到幽暗角落，習慣光線之後，看到兩個男子坐着説話。

杉擋在清子小姐身前。

看到真人了。

不比影像中好許多，不錯已剃鬚理髮更衣，但那股頹唐之氣，逼人而

聲音很低，聽不清楚。

王開朗沒有坐直，他的脊椎，也彷彿有點毛病。

逢甲黯然，他失去的不是投資或健康，消失的是志氣。

她示意離開。

這時，王開朗像是聽到什麼，他抬頭張望。

逢甲看到他雙眼已失去那點晶光。

他沒發覺什麼，又低下頭。

酒館正在裝修，他們離去。

逢甲上車前腳一軟，杉立刻扶着她。

車子往家駛。

「對方願意賠償還錢，談判完善解決，並請我組以後多些關照，故此，毋須把他們禁錮毆打。」

杉做得很好。

也許，不能怪艾瑪，不必收拾那樣一個爛攤子，況且，他不愛她。

男朋友處處都找得到，不是非他不可。

到家，逢甲回房，靜坐一會。

然後，用頗熱的水淋浴，至皮膚通紅，盡去晦氣。

接着的報告：王先生終於用葡萄牙護照入醫院治傷，打開腿部，用鈦金屬修補接駁，一月後恢復正常行動。

看最新照片，他增加體重，站酒館門口迎賓，賣相甚佳，但，不是從前的王開朗。

他當然不會同陌生人說起，那晚無端打罵鬧事的原因。

那打手打女人。

他只覺得那女子有一點點像逢甲。

一時按捺不住，酒意上湧，揮出拳頭。

之後，他知道自己已經完結，站不起，也不願站起。

街上同樣淪落的伙伴甚多，都沒長顏面，不難相處。

逢甲輕嘆氣。

杉問：「那王先生什麼年紀？」

「約莫三十多。」

「還來得及。」

逢甲想，是嗎，三十，已不適合重新學藝，人，不是一下子往下落，墜到谷底，是由當事人一步步走下，一路還懵然不覺，待發現叫救命，已身在坑底。

過去那幾年王開朗做過什麼。

這一刻能夠守酒館門口已經是造化。

杉，可能就是王開朗前身。

逢甲說：「說一說你的故事。」

「我？乏善足陳，不外是上學逃學，打架惹父母生氣追漂亮女孩。」

「多麼開心，父母幹什麼？」

「清子小姐不要見笑，我家三代開一家手工麵包店。」

「呵，我最喜吃麵包。」

「我有三姐二兄，姐姐在店幫忙，搓麵團多了生悶，會喃喃說：『讓他們吃蛋糕，讓他們吃蛋糕』，很好笑，婚後生子，外甥也在店裏幫手。」

「你呢，你怎麼會進入尾田組。」

「我表舅引我進組。」

「你不後悔。」

「每人走的路不一樣，我視這份工作為私人隨扈，我並無殺人放火，欺壓弱小，表舅對我說：『不可以佔女性便宜，不可出賣同夥，你會活到耄耋』。」

逢甲微笑，杉會做得到？不容易呢。

杉一直佩着槍械。

一次，他脱下外套，在廚房吃點心，管家喜歡他，時時特地為他做牛柳三文治之類，他也吃得開心。

他戴着槍套，見過槍套的人，都會覺得它設計奇特性感，通常用黑色皮革製造，細帶自一邊肩膊打斜鑽過腋下，到背部連掛到另一邊槍袋，槍藏在另一處腋窩，穿上外套，完全看不出。

有些保鏢，足踝也縛着一枚小手槍，但是杉只得一把。

逢甲站在門角，悄悄看他漂亮V型背影，杉吃得起勁，並不察覺有人在背後欣賞。

廚房用的是不銹鋼廚具，有一隻攪拌機上反映逢甲模糊影子，被管家看到。

不一會影子消失，管家低聲問：「你與清子小姐彷彿相處不錯。」

杉微笑不語。

「也不容易啊，清子小姐有時整天不說一句話。」

杉想說什麼，又止住。

「可見人結人緣。」

過兩天，逢乙來訪，表示想添置一架跑車。

逢甲說：「噫，難不倒你呀。」

「愛茉莉看中一輛電動全自駕跑車。」

「有這樣的車嗎？」

「可以訂製，妙不可言：自動認路、泊車、來回，車主只要坐在一邊便行。」

「勞駕司機不也一樣。」

「姐不同意。」

「你去殷律師處支費。」

「姐，你的車子，可是全防彈玻璃與車身。」

「你可以帶些特效清潔劑給我。」

「用得那麼快？」

「園工說用來清潔泳池，堪稱一流。」

「我怎麼沒想到。」

他最近幾年一直好運，自然什麼都不想，說真的，結婚也不少日子，仍然恩愛，以對方為重，實在不容易。

逢乙說：「我們三個自幼沒親沒家，特別重視自己家庭，願意遷就，細丁已懷二胎，教授夫婦高興之至。」

「細丁是決定做幸福家庭主婦。」

「阿姐與我們生疏不少。」

逢甲微笑，「惡人先告狀。」

噫，小乙已在她家逗留超過半小時，為什麼還戀戀不捨。

「你還有話說？」

「姐。」

「別吞吐。」

「姐，我遇見王開朗。」

那一個下午。

都會地窄人多，逢乙陪朋友試車，試着自每一條橫街窄巷鑽過，做一個記錄，讓汽車雜誌刊登：像花園路，各式四驅車想也不要想，跑車各款蓮花都無問題，保時捷與平治止步……開心得不得了，當論文那樣寫。

那日，損友駛來一架麥克倫，「噓，這是我大哥的車」，兩人逐條小路鑽。

上得山多終於虎，眼力不夠，也猜不到該條小巷入口處會比中間窄一呎，車子卡在中間，要不擦傷，要不需拆除違章建築。

損友氣結，「這個棚架違法！」

大力按響喇叭，人都出不來。

有人在後門出來看視，見到情況，不禁愕然，笑出聲。

逢乙自天窗爬出，「兄弟，可否幫個忙，把棚架挪一挪，讓車子通過。」

那人一聲不響，看着逢乙。

小乙沒把他認出，他卻一眼知道他是逢乙。

他笑笑答：「棚架鑲死，一時間怎麼拆。」

逢乙抬頭看到酒吧招牌叫鴨與鵝。

「這樣，我們負責賠償。」

那人微笑，「小乙，你這小子，不認得我了。」

逢乙定睛看清楚，怔住，「你，你是——朗哥！」

那損友一聽，知道麥克倫有救，吁一口氣，大聲叫：「朗哥，幫幫忙。」

逢乙拉住王開朗手臂，「可找到你啦，我們好生思念你，你在本市，為何避我們，我與細丁，天天想念。」

王開朗說：「這樣吧，車匙交我，兩小時後回來取出。」

損友抱拳相謝。

「朗哥，別走，我有話說。」

逢乙緊隨王開朗進酒吧。

員工已準備營業。

「坐下，我作東，喝一杯。」

逢乙叫了啤酒。

「好嗎？」

「朗哥，你躲到什麼地方，為何避不見面。」

王開朗黯然，隔一會才說：「我還拿什麼臉見人。」

「這是什麼話，你永遠是我們的朗哥，男女相戀，分手不等於絕交，你與阿姐，兩人都是剛性子，不易協調——」

王開朗吩咐屬下辦事，「車身上鋪好厚毯子，以免刮傷，那是一輛麥克倫。」

他垂下頭。

「朗哥，事情不是不能挽救，我與細丁願意幫忙。」

「你好嗎？」

「託賴，獸醫診所與清潔公司運作良好。」

「細丁呢？」

「細丁好生養，已有兩名孩子，一屋玩具及破壞痕跡，真有趣。」

王開朗微笑點頭。

「朗哥，你的笑容，都是拉扯假裝出來，就知你放不下阿姐。」

「她怎麼樣。」

「阿姐在東歐一帶做生意。」

「那是凶險之地。」

「全世界都不見平靜，富貴有命，生死由天。」

「小乙，你說話老氣橫秋。」

「我與妻子看遍名醫都不能懷孕，我信命。」

「很快會有。」

「知你落腳之處是極大安慰。」

「小乙，你要答應我一件事，千萬不要告訴逢甲我的下落。」

「這——」

「我們已成過去，無法彌補。」

「你倆出生入死，同甘共苦才捱到今日。」

「那是我的緣法。」

逢乙嘆氣。

「請囑她小心。」

過一會他終於問：「她有伴侶沒有。」

「她沒講，但我認識阿姐，恐怕她這輩子的男伴，只有你。」

王開朗站立，「車子已經鬆脫。」

「謝謝朗哥。」

這時，有一年輕女子走近，笑臉像一朵花，身段好得像舊時裸女雜誌中間拉頁，穿得極少，熟落地整理王開朗頭髮。

老歸老，褪色管褪色，王開朗還是王開朗。

逢乙心胸裹帶着一塊大石回家。

小乙只猜到一半。

他阿姐也想有個說話的人。

她主動說：「我想旅行。」

這一年她都過着旅居生活，不知下一站還要去何處，杉與管家都不出聲。

「你們兩位不介意照顧我的話，就陪着我吧。」

管家定定神，「清子小姐想往哪裏。」

「比較少遊客之處。」

「羅浮宮即便在十一月門口也大排長龍，我去預訂門券。」

「不去名勝區。」

「清子小姐不是想往北冰洋吧。」

「問一問伊朗麥斯克手下，往火星還有無空位。」

逢甲微笑，翻開一本旅行雜誌，剛巧是蘇格蘭的崇山峻嶺與冰河湖泊。

她用手一指，「這裏吧，我從未住過燈塔。」

杉鬆口氣。

管家說：「這時節該處氣候非常寒冷。」

「不怕啦，我們帶發熱大衣。」

「清子小姐——」

「我可不是徵求你倆意見。」

「明白。」

「去準備吧，下星期日出發。」

「需帶多少人？」

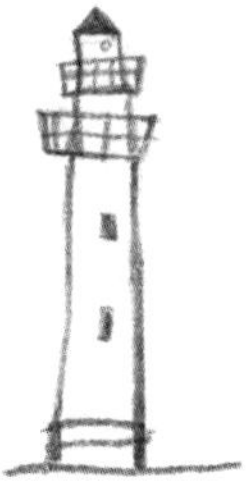

「就你們兩位。」

「多幾名保鏢也許妥當。」

「不，請別告訴其餘人，我們往什麼地方。」

管家遲疑。

「這也不是與你們商量。」

「清子小姐，你是黨魁身份——」

逢甲仰臉笑，「我還是第一次聽到這個稱呼，太趣致了。」

管家訂一家位於阿巴甸的民宿小旅舍，一共只五間房間，全包下，為期兩週，看夏季照片，真是風光如畫，綠茵遍地，好比人間天堂。

管家說：「北緯五十八度，近北海，氣溫極低，加上海風，零度以下。」

杉苦笑。

「杉，這次清子小姐邀你獨遊，其中恐怕另外有意思。」

杉一怔，「你也一起呀。」

「我是透明人，你不一樣，杉，你要小心應對，切莫傷她一顆玻璃心。」

這時，杉額角冒出豆大汗珠，默不作聲。

「你要認清身份，勇敢地說實話，不要企圖高攀，欺騙她的感情。」

杉勉強回答：「不過是一次旅遊。」

「該處是巴黎吧，抑或羅馬？你得有心理準備。」

三人靜靜出門。

乘午夜飛機，十一小時後在愛丁堡轉小型航機繼續航程，連杉都覺勞累，但逢甲卻尚有精神。

「該處有何景觀。」

「山，海，附近有尼斯湖與它的水怪。」

逢甲哈哈笑。

「還有著名的馬利諾羊，羊毛織成品鐵一般硬。」

「呵，是荒山野地，正合我意。」

「旅舍會有一輛吉甫車來接我們，還得駛半小時，經過山澗低丘，相當顛簸。」

杉問：「為何選那樣偏僻之地。」

「因為清子小姐說她從未住過燈塔。」

逢甲低嚷：「燈塔！」

「正是，那處本是一組管理人員宿舍，燈塔被先進航海儀器淘汰後出售，被那家麥肯茲買下轉辦民宿，夏季生意不錯，燈塔頂改裝一間臥室。」

「太好了。」

小飛機內招待乘客吃早餐，他們只喝一杯熱可可。管家咕噥：「這回子誰吃這油膩煎腸雙蛋，碟子底汪着半吋油。」

下飛機管家後悔，一陣風吹上來冷徹骨，牙關打架。

幸虧吉甫車已在等候。

司機是二十多歲少女，又讓管家嚇一跳，「早知自家帶司機。」

那少女圓臉大眼，看到英俊保鏢，眉開眼笑，高興得很，「是華裔嗎。」

杉只是點點頭。

上車她狠踏油門，吉甫車左右搖擺，「慢些，慢些。」

杉忍不住說：「讓我駕駛，司機小姐，你指路。」

少女問他：「那兩位，是你姐姐嗎？」

三人都不出聲。

車子抵達民宿，逢甲下車，不禁在心底叫聲好。

屋頂鬆鮮紅色，建在懸崖邊，前端是大片草地及蘇格蘭特有不畏寒冷紫色石南花，不遠之處便是那座高聳燈塔，景色比圖片肅殺，但是也有感覺得多。

這時下起雪雨，還夾雜着小粒冰雹，管家連忙替逢甲罩上披風，又打起傘。

逢甲氣管濾冷，已經咳嗽。

司機小姐詫異，「你是病人嗎？」

民宿主人夫婦迎賓，對女兒說：「不要多語。」

他們走進屋內，地方不大，整潔舒適，沙發大而鬆軟，主人斟出本地威士忌，把好奇女兒打發掉，又捧出英式茶點。

管家與女主人研究菜式：「請提供新鮮材料便可，我自己動手，海鮮必定要當日魚獲。」

「你們家小姐，可是一位公主。」

逢甲別轉頭，是，坑渠公主。

「聽說日本有位公主嫁給平民，退回名銜。」

管家取出錫罐裝私家茶葉。

「我們就在鄰室，有事響鈴即可。」

「勞駕。」

逢甲站在窗口前看風景。

她仍然咳嗽。

杉說：「我去取氧氣。」

新設計氧氣箱只有一本厚書大小，可像手袋般揹肩上。

「此地不宜久留。」

逢甲看着爐火，「我倒十分喜歡。」

杉不出聲，蹲下替逢甲整理呼吸管子。

逢甲說：「想必聰敏的你已知道我邀你出遊原因。」

杉不出聲。

逢甲輕聲說：「我的缺點是比較主動，你呢，你性格上有何缺口。」

他緩緩回答：「我會有非份之想。」

那即是完全明白對方意思。

逢甲很艱難走出這一步，她為自己心酸，司機少女已覺得她是姐姐，這種年紀，還主動示意，需要多大勇氣，厚臉皮不是逢甲強項，她低下頭。

人人有權追求快樂，她為自己找藉口。

她輕輕握住杉的手，想像中一樣，手掌厚大，手指修長，他將她手放在唇邊輕吻。

逢甲問：「我們認識有多久？」

他回答：「兩個朝代。」

「上次，我們聊到哪裏被打斷。」

「你似想問我可有女友。」

「大抵沒有，你抽不出時間。」

他微笑，漂亮的人笑起來當然更加漂亮。

管家走出見到，臉上變色。

她不言語，上樓安排行李。

稍後逢甲進屋，「我要到燈塔上住。」

「我已叫主人開暖氣。」

「杉與我一起。」

管家一怔，咳嗽一聲，「清子小姐，我跟你有一段日子了。」

「兩個朝代。」

「請聽我進一言。」

逢甲知道她要說什麼，「我尚未到降霜之年。」

「杉不是你對象。」

「有什麼根據？」

「他太年輕太漂亮。」

逢甲微笑，「我以為你有什麼真知灼見。」

「輩份不對，諸助手們怕不會贊成。」

「管家請把行李搬上燈塔。」

管家頓足嘆氣。

「別像末日到臨。」

塔樓旋轉梯級高且陡，杉背着她上去。

逢甲開心如小孩，一定要站在圍欄看浪，空氣清晶得不似地球所有，逢甲深深呼吸，管家說：「好了好了」。

這時一個高十多呎白浪打來，當然不會打濕高塔上的客人，但也夠吃驚，真是別處看不到的奇景。

杉把披風兜着逢甲，兩個人躲在一張斗篷下，緊緊擁住。

管家知道說什麼都多餘，悄悄退下。

逢甲冷得鼻子通紅，才走進塔頂。

她身上穿着發熱背心，像小小一件避彈衣，不願除下。

杉腮下已經長出鬍髭影子。

逢甲輕輕撫摸，「少年第一次看到臉上長鬚，可有驚惶，癢不癢，痛不痛。」

杉不出聲，輕輕搖頭。

他背脊已經濕透汗。

這的確是他最大缺點，他會有非份之想。

冰雹打着玻璃塔頂，真的難以入睡，但逢甲睡得非常非常好。

第二天清早，是管家把她叫醒，聲音驚惶，「清子小姐，他們都來了。」

逢甲睜眼，一室陽光，天上仍有烏雲，但金光透雲四射，像耶穌快要出現場景，瑰麗得不能逼視。

逢甲讚嘆：「啊。」

「清子，他們都來了。」

她看一下，「杉呢？」

管家瞪大雙眼，握着拳頭。

「誰，誰都來了？」

「尾田先生交給你的七大助手。」

逢甲怔住。

她走到窗前，看到草坡停滿黑色四驅車，把民宿團團圍住，車內車旁都有大漢看牢，車頂積着薄雪，他們來了已有一些時候。

管家問：「這是怎麼一回事？」

逢甲心中有數。

管家手足冰冷，「他們怎麼知道我們在此。」

「杉呢。」

「四處找過，都不見人，東家説他一早六時左右出去呼吸新鮮空氣。」

這上下已經八點多。

逢甲梳洗，毛巾大力擦臉面紅咚咚，她披上袍子，輕輕説：「去見他們。」她沒有更衣，那班手足想必不是來看時裝。

管家想把她頭髮束起，她已自旋轉樓梯走下。

大漢們看到她，立刻立正。

她朝他們頷首。

戶外氣溫肯定零度以下，管家打哆嗦，逢甲勇敢推開民宿大門。

只見東家母女已取出熱茶鬆餅，助手們不客氣正在享用，驀然看到逢甲出現，好不尷尬。

逢甲忙說：「不用客氣，對了，外邊還有人需要茶點。」

東家答應着去忙。

助手一號是有點像普京的俄裔，帶頭說：「清子小姐，打擾你。」

逢甲說：「我們到飯廳說話。」

大家一起走進飯廳，黑壓壓，一室是人。

逢甲仍然看不到杉。

她低下頭。

「清子小姐，我們今日到此，有重要的事要講。」

室內氣溫高，她脫下長袍。

「我也有重要的話說，我先講。」

「是，清子小姐。」

眾人看着這年輕女子，只見容貌秀美，膚光如雪，披散頭髮，身穿一套運動衣，上邊罩着盔甲小背心，分明剛剛起床，他們面面相覷，過意不去，這不是分明欺壓婦孺嗎，趁其不備，包圍要脅。

這樣一個手無縛雞之力的女子會是他們領袖，也真是異數。

這時，管家把逢甲的電話取出放桌上。

逢甲緩緩喝着參茶。

眾人靜靜等候。

有人帶頭咳嗽一聲。

逢甲說：「我也正想找你們開會，不料你們捷足先登，要集全你們七人，也不是容易的事。」

分明是揶揄他們早有預謀。

室內掉一根針都聽得見。

「我要說的，已傳到諸位手電上，各位可以詳細閱讀我的文告。」

眾人詫異，連忙取出貼身電話，打開讀到第一行，已經忍不住「啊」一聲。

文告很簡單，十數秒已經讀畢，眾人面紅耳赤，不知所措，竟無人開得了口。

逢甲不溫不火的說：「你們要講的重大事故，是同一件事吧。」

他們一齊站立，四十五度角鞠躬，額上冒汗，逢甲輕輕嘆口氣，「你們照着辦吧，記住，和為貴，盡量維持組織完整。」

他們一直彎腰。

「回去吧，此處並非旅遊勝地。」

他們互相交換眼色，逐一說：「清子小姐迅速和平解決此事，我等無限感激。」

逢甲這樣回答：「你們有你們的難處。」

他們再作拱手大禮，轉身逐一走出房門。

逢甲叫住一號，「你，阿歷西，請留步。」

那中年男子連忙趨前彎腰。

「還有一件事。」

「清子小姐請吩咐。」

逢甲忽然淚盈於睫，似不知如何開口，隔一會，平靜下來，聲音與平時並無異樣，她這樣說：「我身邊有個人，背叛了我。」

那個叫阿歷西的人靜靜聽着。

「這人，需受到最嚴厲的處分。」

他回答：「明白，清子小姐。」

「祝你們前途似錦。」

「清子小姐，我們永遠感激。」

他退後幾步，才轉身走出。

東家母女在一角輕輕說：「……一定是東方某國公主。」

來得快，走得也快，不到幾分鐘，黑色大車已全部駛走，只剩一輛。

有人敲門，「管家，我叫凱撒，負責護送清子小姐離去。」

管家看着逢甲。

逢甲說：「給我半小時。」

那凱撒走近東家，取出一隻小布袋，東家訝異，重疊疊，倒出一看，是幾個金幣，她笑出聲，「不用這麼多。」

管家說：「你收下吧，快幫我收拾行李。」

逢甲這時緩緩說：「給我氧氣。」

少女幫她們把行李搬出車廂。

逢甲向店家道謝。

少女無知，忽然問：「咦，先頭那個司機呢。」

沒有人回應。

他們上車。

逢甲不露形色，管家低頭扶着她。

逢甲多麼希望那人會忽然奔跑前來，一邊大聲喊：「喂，發生什麼事，為什麼離去？等等我。」

但是沒有。

太陽露臉，但是雪一時並沒融化。

一路上逢甲與管家沒有對話。

車子駛往小型飛機場。

私人飛機已在等候。

凱撒說：「清子小姐我送到這裏，一號阿歷西先生說，你若有任何事任何時間都可以與他聯絡。」

逢甲點點頭。

上飛機她進房間蜷縮在床上不動。

管家央求她進食，她勉為其難，喝兩口湯，嘔出來的比吃下的還多。

管家嘆氣。

逢甲恢復平靜生活。

管家怕她抑鬱，主動邀逢乙探訪。

逢乙百忙中抽空，看到阿姐不言不語獨坐露台似一尊雕像，「不是說往歐洲散心嗎，為何回轉比離去時更加憂鬱，像失戀少女，奄奄一息。」

「聽你說的，請你來是變個法子讓她振作。」

「管家，你真是老式人，為什麼要整頓阿姐，一個人的傷痕自然便慢慢癒合，欲速則不達，她一向沉靜，若忽然手舞足蹈，哈哈大笑那才叫人惶恐。」

「若長久傷感，那怎麼辦。」

「那就索性做一個傷心人好了。」

管家氣結。

「阿姐是我所知世上最堅強的人，你不必小心翼翼忌諱這個那個，你跟她那麼久應有共識，要不，讓她回到丁甲診所做她拿手工作。」

「她的健康情況——」

「做半個上午或下午，不會太吃力，診所裏有一隻三十五歲麥考鸚鵡，會唱『月亮代表我的心』，被鄰居老貓抓傷，我們想做手術，又怕牠年老受不了麻醉藥……」

這時，逢甲緩緩走近，「是嗎，我看看。」

管家歡喜。

逢甲與該隻鸚鵡一見如故，牠的左腿骨被貓咬斷，在地拖行，掉不少羽毛，形容憔悴，牠的老主人咬牙切齒，「我一直不喜歡貓，吃掉鳥也罷了，偏偏只是戲弄，殘忍歹毒！」

逢甲聽了發獃。

與其他醫生商量，認為截肢是最佳方案。

老主人流下眼淚。

看護說：「人類不該把牠自亞馬遜叢林捉到城市飼養，牠們本來雙雙對對在天空飛翔，如今翅膀經過修剪，已不能高飛。」

結果還算理想，麻醉、手術，牠居然甦醒，還不停哼歌，看護請牠吃麥糊。

逢甲漸漸願意星期一三五回診所看視。

細丁給阿姐傳放生活片段欣賞。

「我們一家五口來探訪你。」

逢甲吃驚，「不，千萬別來，我怕嘈吵。」

管家在旁笑，「你看那小老三多麼可愛，像足細丁呢，印子一樣。」

「不，不，千萬別像我們。」

「清子小姐，你好些了。」

「別再叫我清子，那一筆賬，我已算清，叫我逢小姐即可。」

「姓逢，也真少見。」

逢甲驀然想起孤清的逢女士，彷彿已是千年之前的事。

她用手托頭，陷入沉思。

「逢小姐，吃碗燉蛋。」

「甜還是鹹。」

「當然是甜品。」

管家陪她説話，一不小心，觸及敏感話題：「一位趙先生，每天都致電問候，我已告訴多次，逢小姐不會聽電話。」

逢甲抬起眼睛。

「他打探到，他兄弟曾在你處工作。」

逢甲聽着。

「他是杉的兄弟，他説，杉已失蹤一段日子，遍尋不獲，但我們不知該人下落，這是事實。」

逢甲不出聲。

「有一句話，不知我該不該說。」

「你想說就說。」

「杉那早離開燈塔，到底去了何處？」

「他不辭而別，誰也不知。」

「你至今仍然氣惱可是。」

「我不氣忿，也不傷心，我只是悲哀，他竟是那樣一個不可靠的人。」

「是他知會尾田組成員，透露你在何處。」

「還會有誰。」

「他能得到什麼好處？」

「我沒問。」

「他顯然計劃良久，其間，不知有多少機會可以改變主意，他都沒有坦白，為什麼？」

逢甲極之無奈，「因為，男兒志在四方。」

「可憐的清子小姐。」

「他們應該給他至大利誘。」

「可是你對他一番心意——」

「不要再說，一千年已經過去。」

「清子，我不明白，你是如何把那班逼宮的人打發掉。」

逢甲低頭說：「他們要什麼給什麼，且是即時生效，不走，還等什麼。」

「清子，你竟然一早已把退休文告準備妥當！」

逢甲緩緩說：「因為，我打算與一個人退下隱居嘗試過平靜日子。」

「唉呀，那人辜負你，原本他可以真正得到一切。」

「告示即時派到用場，即席應用，免去麻煩，只是，我又一次被丟棄、出賣，管家，我不應有非份之想。」

管家難過，她沒有言語。

「我一直知道助手們不滿於我，試想想，他們不做——、——與——，還有什麼進賬，自然怨聲載道，一邊瞞着偷偷地幹，一邊設計變法，我與殷律師商議整日，這個方法，由殷律師建議，我附和，如一家公司股東，把股份出讓，這世界，黑與白之間，有多層灰色，經一事，又長一智。」

逢甲原先，對這般組織毫無興趣，不過勉為其難，履行諾言，此刻，又剩她與管家。

管家變為她的親信，但是，她知道分寸，始終沒再追問，杉去了何處。

逢甲也沒有問。

有時，在晨曦，明明已到起床時分，但卻還想補一覺，雙眼尚未完全睜開，她會覺得，有人握住她的手，在他鬍鬚上輕掃，這叫她流淚。

她是溝渠公主，把心照明月，明月卻照溝渠。

從此，非得摵息這種念頭。

不久，逢甲收到一封信。
她讀後把管家叫來，「真叫我魂不附體。」
管家雙手顫抖，讀完那份手寫郵寄的信，卻笑出聲。
原來由陳教授夫人親筆撰寫，她想在夏季帶着兒孫前來探訪，大小一共七人，希望逢甲協助，務使孩子們有一個愉快假期。
逢甲捧着頭。
她們逢宅才二口，如何招呼七口。
逢甲想避往修道院，那種沒有人說話，平時除出吟唱禱告，不發一言的寺院最適合她。
她抱着頭。
「老人家的要求不可拒絕，細丁也許真正想念阿姐，丟不下孩子，祖父母又不願離別……這樣吧，我找殷律師商量。」
「又要煩到別人。」

「殷律師不算別人。」

殷律師到訪，她神清氣朗，智慧冷靜之態，叫人舒服。

讀完信，她笑說：「再簡單沒有，租一間有家具附設泳池平房，僱司機保母廚子數人，與他們糾纏一個月，那會是一個最熱鬧假期，羨煞旁人。大兒已經五歲，可替他報名讀暑期班，學音樂好不好，小兒拉提琴至可愛。」

本身沒有孩子的她彷彿喜歡幼兒。

就這樣決定。

由殷律師定下時間表回覆。

一切公事公辦，十分愉快。

「那樣一大堆人，乘坐私人包機似乎更加划算。」

逢甲發覺頭皮一直發癢。

晚上，有夢，在商場，聽見有人叫「媽媽」，活脫是細丁悅耳聲音，她停下四處查看，管家在一旁輕聲說：「不是你」，夢醒。

這是她害怕見到細丁的原因。

逢乙聞訊高興之極，堅持加入，他沒有孩子，能看到外甥，也喜不自禁。

弟婦喝醋，「阿姐偏心，如此大陣仗迎妹。」

逢甲問：「你要什麼？」

她又不出聲。

管家笑：「說呀。」

「我想秋季與阿乙乘郵輪環遊世界。」

逢甲答：「沒問題。」

管家事後說：「有親戚之際才知道錢的用途。」

細丁一家抵埗之前三天逢甲已感壓力，一早起床，預備到飛機場迎接。

逢乙說：「姐，還早着呢。」

「那麼，逛逛店舖。」

偏偏有家玩具店，擺着套表情奇趣的毛毛熊玩具，由小至大，十個尺碼，逢甲統統買下，店員有心思，把它們結在一起，逢乙索性掛肩上，惹人注目。

逢甲也忍不住微笑。

陳家諸人自小型飛機扶梯魚貫而下，蔚為奇觀。這叫開枝散葉，難怪陳老與夫人笑得合不攏嘴。

細丁神功練成，左右手各抱一個幼兒，逢甲幾乎不認得她，又豐滿不少，她連忙迎上。

細丁把幼兒交保母，凝視阿姐，忽然嗚咽，緊緊擁抱，逢甲拍打她脊背，發覺肉地十分厚實，像一塊砧板，「沒事沒事。」

以為她想念大姐，誰知她說：「姐，我又老又醜又胖，像你的大姐。」

大家忍不住微笑。

姐妹不過說這幾句知心話。

其餘時間，兵荒馬亂，一屋是人，不是忙這個就是忙那個，連坐下工夫都沒有。

一個晚上，老人與小孩都睡下，陳貫與細丁不知商量些什麼，逢甲走近，「我想與細丁說幾句。」

陳貫識趣退下。

逢甲握着細丁雙手，像她幼時那樣放到自己腮邊，「你的日子彷彿很充實呢。」

「吃苦呢，阿姐。」吁一口氣。

「總算有一個家，不一回他們就長大，擔子當可鬆一點。」

「祖父母最開心。」

逢甲想起當年他們在孤兒院的日子，她最大，事無大小都記得清楚，小乙與細丁，記憶恐怕有點模糊，當然，最好什麼都忘記。

細丁說：「姐，真佩服你，這些年，一直維持苗條，我真得狠起心減三十五磅。」

逢甲唯唯諾諾，「姐，你彷彿有話要說。」

「沒，沒特別話，這廚子做的菜可好吃，陳老最喜歡菠菜豆腐羹，我欣賞清炒蝦仁……」

「喜歡吃什麼，可叫他做。」

「嗯。」

「可要搬回本市住，孩子們學些中文也是好的，我替你們找房子與學校，你說，細丁，我們可是否極泰來，再也不必為生活煩惱，看到你與小乙的笑臉——」

逢甲聽見輕輕呼嚕聲。

什麼，細丁已經倦極盹着，雙手由阿姐握着，扯起鼻鼾。

逢甲發獃。

過一會，她輕吻胖少婦的手。

當年，真以為活不下去，爬到兒童院門口敲打呼叫，撕心裂肺的痛……逢甲緩緩站起，不要再記得了，一萬年已經過去。

管家輕輕說：「我們回家吧。」

逢甲點點頭。

「我去取外套。」

逢甲坐下。

她閉目養神。

血，只看到自己滿身血。

忽然，有人摸她的膝頭。

她吃驚，睜開雙眼。

真的意外，她在幽暗光線看到一個小小人扶着她膝蓋搖搖晃晃站着，明亮雙眼看住她的臉，笑嘻嘻。

「哎呀，你是老三可是，怎麼起身走出，你要什麼，為何睡不着。」

小孩把胖頭挪近，逢甲忍不住用額角頂住他額角，「叫我，叫姨媽。」

幼兒嘴裏咕咕作響，可愛到絕點，「Mi Mi」他說。

逢甲發自內心，情不自禁，緊緊抱住他，想把他抱起。

但是這孩子不輕，一下子沒挪起。

管家連忙接過手，「當心腰骨。」

這時細丁醒轉，「找媽媽？大姐，你快回家休息，明早還要抗戰。」

寶寶朝她揮手。

管家替逢甲穿上外套，「帶三個，少些力氣都不行。」

逢甲想：當年，他們也是三個。

陳貫送她們到樓下，司機把車駛近。

她對陳貫說：「留前門後。」

陳貫忍不住笑。

車子緩緩駛出大馬路。

夜未央，車水馬龍，處處是霓虹燈，路人如鯽。

管家忽然説：「清子小姐，他們都不知你是誰吧。」

「我是誰？」

「對呀。」

「我是他們的阿姐，一個提早退休獸醫，如果再不誤信異性，餘生可以過着清閒平靜日子。」

「清子小姐。」

他們一共三人，只救活兩個半，逢甲知道，一向，她只半明半滅活着，像個影子。

全書完

書名　他們這種人　作者　亦舒

出版　天地圖書有限公司
香港黃竹坑道46號
新興工業大廈11樓
電話：2528 3671　傳真：2865 2609

香港灣仔莊士敦道三十號地庫／一樓（門市部）
電話：2865 0708　傳真：2861 1541

設計及插圖　Untitled Workshop

印刷　亨泰印刷有限公司
柴灣利眾街27號德景工業大廈十字樓
電話：2896 3687　傳真：2558 1902

發行　香港聯合書刊物流有限公司
香港新界大埔汀麗路36號
中華商務印刷大廈3字樓
電話：2150 2100　傳真：2407 3062

出版日期　二〇二〇年五月／初版・香港

亦舒系列

長篇 ■　短篇 ●　散文 ◆　散文精選 ▲

227. 如果你是安琪 ●
228. 紫色平原 ■
229. 我情願跳舞 ■
230. 只是比較喜歡寫 ◆
231. 電光幻影 ■
232. 蓉島之春 ■
233. 愛可以下載嗎 ●
234. 雪　肌 ■
235. 特首小姐你早 ■
236. 葡萄成熟的時候 ■
237. 此一時也彼一時也 ◆
238. 剪刀替針做媒人 ■
239. 乒　乓 ■
240. 恨　煞 ■
241. 孿　生 ■
242. 漫長迂迴的路 ■
243. 忘記他 ●
244. 愛情只是古老傳說 ■
245. 迷　藏 ■
246. 靈　心 ■
247. 大　君 ■
248. 眾裏尋他 ■
249. 吻所有女孩 ■
250. 尚未打烊 ◆
251. 一個複雜故事 ■
252. 畫　皮 ■
253. 愛情慢慢殺死你 ■
254. 你的素心 ■
255. 地盡頭 ■
256. 有時他們回家 ■
257. 禁　足 ■
258. 謊　容 ■
259. 不二心 ◆
260. 潔如新 ■
261. 從前有一隻粉蝶 ■
262. 三思樓 ■
263. 四部曲 ■
264. 德芬郡奶油 ■
265. 君還記得我否 ■
266. 少年不愁 ■
267. 塔裏的六月 ■
268. 佩鎗的茱麗葉 ■
269. 世界換你微笑 ■
270. 天堂一樣 ■
271. 那一天，我對你說 ■
272. 蜜糖只有你 ■
273. 先吃甜品 ◆
274. 掰 ■

亦舒系列

長篇 ■　短篇 ●　散文 ◆　散文精選 ▲

275. 我倆不是朋友 ■
276. 外　遇 ■
277. 燦爛的美元 ■
278. 代尋失去時光 ■
279. 實在平凡的奇異遭遇 ■
280. 櫻　唇 ■
281. 陌生人的糖果 ■
282. 藍襪子之旅 ■
283. 女記者手記 ■
284. 佳　偶 ■
285. 向前走，不回頭 ◆
286. 紅杏與牆 ■
287. 悠悠我心 ■
288. 黑、白、許多灰 ■
289. 無暇失戀 ▲
290. 那男孩 ■
291. 露水的世 ■
292. 紅到幾時 ▲
293. 有你，沒有你 ■
294. 我　哥 ▲
295. 大　宅 ■
296. 幸運星 ■
297. 微積分 ■
298. 如果有，還未找到 ◆
299. 某家的女兒 ■
300. 衷心笑 ■
301. 紅樓夢裏人 ▲
302. 阿波羅的神壇 ■
303. 不一樣的口紅 ■
304. 新女孩 ■
305. 森莎拉 ■
306. 珍　瓏 ■
307. 這是戰爭 ■
308. 寫作這回事 ▲
309. 去年今日此門 ■
310. 好好好 ■
311. 結或不結　離或不離 ■
312. 有限溫存 ■
313. 就是喜歡 ▲
314. 船　屋 ■
315. 第十一號羅蜜歐 ■
316. 枉入紅塵若許年 ◆
317. 青雲志 ■
318. 無盡香檳 ■
319. 仍未後悔 ■
320. 針　眼 ■
321. 看庭前花開花落 ▲
322. 他們這種人 ■